너를 빛나게 할 일들이
기다리고 있어

황현

음악이 좋아 관련된 여러 가지 일을 하고 있다. 온앤오프의 음악을 프로듀싱했고, 동방신기, 소녀시대, 샤이니, 레드벨벳, 세븐틴 등 수많은 아티스트의 곡을 작업했다. 아티스트 JUN P, YELO, 김해론을 제작했으며 케이팝 프로덕션 모노트리를 경영하고 있다.

너를 빛나게 할 일들이
기다리고 있어

황현 에세이

웅진 지식하우스

너는
여전히
반짝이고 있어

시간이 지나도 변하지 않는
내 마음속 진심을 이야기하고 싶었어.

욕심을 숨기지 못해 흐트러진 관계와
나쁜 사람이 되고 싶지 않아서
비겁한 사람이 되었던 이야기.
좋아하는 마음이 싹트는 찰나와
이별을 받아들여야 하는 순간.
노래를 만들기 시작할 때의 벅참과
차고 넘치는 일 끝에 밀려온 허무함.

이 모든 기억을 다시 꺼내보니,
그 시간 속의 나는 반짝이고 있더라.

앞으로도 여전히 기뻐하고 슬퍼하고
가끔은 후회하겠지만,
숨을 쉬며 살아가는 것만으로도
충분히 반짝이는 삶이라 생각해.

너를 빛나게 할 일들은 그리 멀리 있지 않아.

1

이건 이별 노래가 아니야

2

버려지는 순간을 지나온
이들을 위해

3

침묵을 견디는 것만으로도
위로가 되니까

1

이건
이별 노래가 아니야

열심히 산 것 같은데,
요즘 자꾸
낭떠러지에 몰리는 듯한 기분이다.
나, 잘 살고 있는 거 맞나?

우

주

선

1977년 발사된 무인 우주선 보이저호가 태양계를 벗어나 성간우주에 진입했다. 보이저호는 55개 언어의 인사말, 바흐의 음악 등 미지의 존재에게 인류를 알릴 수 있는 데이터를 싣고서 언젠가 지구와 교신이 되지 않는 곳까지 나아갈 것이라고 한다.

오래전 이 뉴스를 보고 한참을 멍하니 있었다. 외로운 시간을 버티며 하루하루 표류하는 내 모습이 보이저호를 닮았다고 생각했다. 그때 난 많은 사람들을 만나 다양한 이야기를 나누고 일을 했지만 늘 외로웠다. 나와 감성이 맞닿은 이를 간절히 만나고 싶었다. 그를 만난다면 전하고 싶은 말이 많았다. 보이저호에 인류의 기억이 담겨 있듯 나도 나중에 하고 싶은 말들을 내 안에 꾹꾹 눌러 담았다.

그 마음을 담아서 〈우주선〉을 썼던 것 같다. 외로운 성간우주를 날고 있는 듯한 정승환의 목소리를 주인공으로, 마침내 이 곡이 세상에 나오게 되었다. 이 곡의 가사를 쓸 때도 외로웠다. 나는 또 무슨 생각을 했을까.

수많은 행성은 저마다 중력이 있고, 그 중력의 힘을 이용해 우주선은 이리저리 휩쓸리며 경로를 바꾸면서 여행한다. 그런 우주선의 모습이 우리 삶과 닮았다고 느꼈다. 인간에게도 중력 혹은 운명처럼 절대 거스를 수 없는 힘이 존재한다는 사실을 알고 있다. 가끔은 이런 거스를 수 없는 것들을 이용해 추진력을 얻어서 힘차게 살아갈 때도 있고.

그렇게 살아가다 보면 어딘가에 닿게 되겠지.
그곳이 어디일지는 모르지만
나는 그 힘을 거스르지 못해 음악을 만들고
그 힘을 동력 삼아 음악을 만들며 살아간다.

너는 어떤지.

너는 어떤 거스를 수 없는 힘을 동력 삼아

이 별에서 외로운 하루를 버티며 살아가는지.

여 집 합 의

사 랑

집합과 여집합에 대해 생각해본다. 사람들의 집합
으로 이뤄진 현대사회의 바깥. 사랑의 감정에 있어
어느 집합에도 속하지 못한, 여집합의 사람들.

그렇게 느낄 때가 많았다. 남중·남고를 다닌 나는
이성과 대화를 나눌 기회가 거의 없었고, 외동아이로
자랐기에 타인의 마음을 잘 헤아린다고 생각지도 않
았다. 그런데 이상하리만치 나에게 사랑 문제를 토로
하는 이들이 많았다. 마치 고해성사하듯 뜨겁게 고민
을 털어놓는 이들에게 난 적당한 관심과 거리를 유
지하려고 노력하며 차가운 조언을 읊었다. 이럴 거면
신학교에 가서 신부님이 될 걸 그랬지. 내 마음이 향
했던 상대는 먼 곳을 보는 경우가 많았고, 그렇게 나
는 '어떤 사람 A' 배역에 점차 익숙해졌다.

당신의 연애 고민을 잘 상담해주는 바로 그 사람,
어쩌면 '호구'의 탈을 쓰고 당신의 사랑이 조금은 불

행해지기를 바라는 이가 아닐까. 나의 모든 순간은
그렇게 여집합의 사랑에 머물렀고, 늘 그렇듯 그 자
리에서 한 걸음도 나아가지 못하는 때가 많았다.

그 모든 시간을 통과하며 알게 된 것이 하나 있다.
때때로 헛발질하는 사랑에도 의미가 있다는 것. 그녀
를 사랑한 나의 모든 순간이 음표가 되어, 단어가 되
어 누군가에게 닿았으니 말이다. 못 이룬 사랑이 아
니었다면 내가 노래를 만들 수 있었을까.

혹여나 나와 같은
여집합에 속한 당신에게 말하고 싶다.
지난 사랑 때문에 더는 후회하지 않아도 된다고.
당신이라는 사람을
더 단단하게 만든 경험일 뿐이고,
후회라기보다 값진 시간이 될 것이라고.

나의 사랑이 가사가 되고 선율이 되어

누군가에게 닿았듯

내가 아닌 누군가를 향한 너의 사랑도

나에게 닿았다고.

부 럽 지 가

않 아

SNS를 보다 보면 괜한 감정 소모를 하게 될 때가 많다. 기분이 좋지 않은 날 무심코 들여다본 SNS는 특히 건강에 해롭다. 행복해 보이는 사람들의 표정과 빛나는 일상, 아기자기한 소품이 즐비한 카페와 값비싼 물건이 타임라인을 도배하니, 자연스레 현재의 나 자신과 타인을 비교하게 된다. 나만 이런 기분을 느끼겠는가. 국민 97%가 행복하기로 유명한 나라 부탄이 최근 무선 네트워크의 발달로 행복지수가 급락했다는 글을 본 적이 있다. SNS 때문에 나와 남을 비교하게 되는 건 어쩔 수 없나 보다.

자려고 누운 침대에서 스마트폰을 보다가 스트레스를 받던 어느 밤이었다. 다른 사람들의 SNS를 보다가 문득 내 계정이나 관리할 참으로 그동안의 피드를 훑어보았다. 그런데 내가 올린 사진 또한 내가 보던 남들의 그것과 크게 다르지 않았다. 언젠가부터 나는 부정적이거나 어두운 글은 피드에 올리지 않았다. 타인의 오해를 살 수 있겠다 싶었기 때문이다. 자연스레 내 계정에는 발매된 작업물, 여행 중의 맑은 날씨, 유쾌한 상황 등이 주로 담겨 있었다. 거짓된 일상을 올린 것은 아니었으나, 있는 그대로의 일상을 올린 것도 아니었다.

지금껏 나는 타인의 단편적인 일상을 보며 그 모습이 그 사람의 전부라 착각한 것은 아닐까. 누군가는 나의 SNS를 보면서 스트레스를 받았을지도 모른다. 아마도 그랬을 것이다. 어쩌면 우리의 SNS는 이미 현실과 다른 메타버스가 되어버렸다. 그 안에서는 대체로 잘 먹고, 잘 입고, 잘 웃으니까.

그러니까 SNS 안에 있는 친구들을 부러워하지 말자. 지금 이 순간 그들 역시 당신의 피드를 보고 부러워하며 '좋아요'를 누를지 말지 고민할 테니 말이다.

자꾸 나와 남을 비교하는 세상에서

나만의 기준을 지키기란 너무나 힘든 일이다.

그럴 땐 잠시 마음의 스위치를 꺼두어도 좋다.

내가 지금까지 최선을 다했다는 걸

적어도 나는 알고 있으니.

어른

하고 싶은 말을 삼키고
하고 싶은 일과 할 수 있는 일을 구분할 줄 알며
경험에서 학습한 것을 기억한다.

그러니까, 나는 아직 어른이 되지 못한 것 같다.
아니, 어른이 되고 싶지 않은가 보다.

흔한 이별의
시스템

A.

너를 만나면 바쁜 일이 자꾸 생겨.

너는 나를 방해하지 않으려 하지만

섭섭한 표정을 감추진 못해.

네가 항상 그 자리에 있을 것 같아서인지

내게는 친구들과의 약속이 우선이었어.

서로의 일상을 공유하는 건 일일 보고가 돼버렸고,

둘의 이야기 대신 주변인들의 가십을 늘어놓으며

피상적인 대화를 하지.

받아쓰기 시험에서

찍지 않은 마침표에도 감점을 주듯

우리는 어느새 서로의 꼬투리를 모으고 있어.

감점이 많은 사람이 지는 게임은

누구에게도 이롭지 않은 채로 끝나겠지.

난 오롯이 네게 공감하지 못하는

나 자신을 질책하며

나쁜 사람이 되지 않으려 애쓸 뿐.

B.

넌 나를 만나면 바쁜 사람이 되는 것 같아.

나도 마찬가지지만 널 만날 시간은 많아.

네 삶에 나라는 지정석이 생긴 이후로

오히려 내가 들어갈 틈은 사라진 것 같아.

너의 하루가 궁금한 나는 계속해서 묻는데

너는 짧고 담백하게 대답하지.

만나서는 네 기분을 살피고

화나지 않게 하려 노력해.

함께 있는데도 혼자 있는 듯한 이 기분은 뭘까.

너를 더욱 욕심내지 못하는 내 모습이 한심해

'밀당'이라도 하는 나쁜 사람이 되려 애를 써.

O.

앞으로 서로의 행복에 관여하지 않기로 해.

각자의 불행에 서로의 지분은 없어.

선 택 반 지　　　　못 한

　　　　　　　　　곡 들

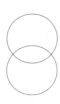

쉽게 쓰이는 곡은 없다. 단번에 멜로디와 가사가
나온다 한들 그 자체로 완성작은 아니니까. 악기나
보컬 트랙의 개수 따위는 상관하지 않고, 촘촘히 사
운드를 신경 쓰며 곡 작업을 해야 한다.

'이렇게까지 신경 쓰는 거, 사람들이 알아줄까.'

이런 생각에 지칠 때도 있지만 적당히 타협한 적
은 없다. 원래 곡 하나를 완성하려면 내 에너지를 최
대치로 끌어 써야 하는 법이니까.

그렇게 열심히 작업한 결과물이 '데모'다. 데모는
체험판 게임과 같다고 생각하면 된다. '대략 이런 식
의 음악이에요'를 알리면 되는데, 실제로는 그렇지 않
다. 결국 데모는 기획사로부터 간택되어야 하는 처지
니 엉성해서는 안 된다. 완성형일수록 선택받을 확률
이 높다. 모노트리라는 회사를 만든 뒤에 후배 작곡가
에게도 자주 이렇게 말하곤 했다.

"사람들은 데모라는 걸 감안하고 듣지 않으니, 데모 단계에서부터 완벽해야 해."

그렇게 만든 데모 중에서 단번에 선택되어 세상에 유통되고 대중의 귀에 닿는 곡은 극히 드물다. 이건 기적과도 같은, 매우 행복한 상황이다. 수많은 작가가 만든 데모는 사실 대부분 그들 각자의 하드디스크에 오래된 재고처럼 쌓여 있다. 물론 처음에 선택받지 못했다고 해서 곧바로 곡의 생명력을 잃지는 않는다. A라는 가수를 위해 쓴 곡이 거절당하고 난 뒤 B라는 가수에게 팔려 세상에 나오기도 한다. 그러나 트렌드를 놓친 철 지난 데모들은 폴더에 갇혀 노래 제목조차 희미해지게 마련이다. 그렇게 영원히 봉인된 데모가 한둘이 아니다.*

곡마다 운명이 있다고 생각하는 편이다. 그럼에도 제대로 된 주인을 만나지 못하고 이곳저곳을 떠돌다 결국 폴더 깊숙이 종적을 감추는 데모곡에 미안한 마음이 든다. 그 곡을 만들 때도 온 마음을 다해 작업했고, 세상에 들려줄 수 있을 것이라는 희망을 품었기 때문이다. 어쩌면 이런 곡들의 희생 덕분에 세상에 유통될 그다음 곡을 쓸 수 있는 것은 아닐까. 가끔 감상에 젖곤 한다.

수많은 '베타테스트'가 되어준 나의 데모곡들에게 심심한 사과와 위로를 전한다. 오래된 데모를 꺼내어 듣고 싶은 밤이다.

● 내가 맨 처음 만든 데모곡은 〈믿는 사람은 겁이 없네〉로, 가톨릭 CCM이다. 물론 세상에 나오지 못했다.

선택받지 못한 곡들이

선택받는 곡들을 만들어냈듯

선택받지 못해 아팠던 나의 시간에도

의미가 있는 건 아닐지.

마음의
온도가
달라도

괜찮아

사람들 말대로는 못 하겠어.

좋아하는 사람에게 내 감정을 절제하라니.

상대를 끌어당기려면 조금씩 밀어야 한다니

내게는 너무 어려운 일이야.

그래서 늘 관계를 그르친다고 해도 어쩔 수 없어.

진심이 움트면 나는 전략적인 사람이 되지 못해.

요즘 넌 어때?

나는, 네가 보고 싶은 것 외에 힘든 일은 없어.

우리 마음의 온도가 다른 걸 알아.

그렇다고 내가 차가워질 수 없다는 것도 알아.

억지로 나를 좋아하지 않아도 돼.

여기에 계속 있을게, 따뜻한 채로.

네가 추울 때 가끔씩 와서 나를 안아.

그럼 나는 힘들지 않을 것 같아.

보고 싶다.

감성 기술자의　　　변명

데모 CD를 들고 온갖 기획사를 몇 년이나 돌아다 녔지만 연락을 준 곳은 한 군데도 없었다. 음악 업계 에 있는 사람이라면 스쳐 지나가는 인연이라도 어떻 게든 붙잡고 내 곡을 들려주었지만 희망적인 일은 일 어나지 않았다.

'왜 내 곡은 팔리지 않는 걸까.'

이런 고민을 하는 시간이 참 길었다. 내가 곡에 담 은 감정들이 상대에게 제대로 전해지지 않는 것이 분 명했다. 어떻게 하면 지금 내가 느끼는 기분을 타인 도 느끼게 할 수 있을까. 이것 하나만 수만 번을 고민 했다. 그렇게 10년이 넘도록 연구하다 보니 어느 순 간 내가 만드는 음악의 농도가 짙어진 듯하다.

고백이나 이별의 순간처럼 여러 감정의 게이지가 높아진 찰나를 초 단위로 복기한다. 너무 개인적이고 특이한 경험은 제하고 누구나 공감할 만한 순간을 추 린다. 과거를 다시 떠올리고 싶지는 않았지만 어쩔 수

없다. 곡을 팔아야 하니까. 기억을 끄집어내 여러 인연
과의 경험을 모아 한 곡에 담기도 했고, 때론 상대방의
입장에서 나에게 하는 말을 가사로 쓰기도 했다. 그렇
게 하루하루 감정을 복기하고, 곡을 만들고, 가사를
쓰다 보니 어느새 '감성 기술자'가 되어 있었다.

'여기서 내성 화음의 텐션을 이런 식으로 움직이
면 더욱 뭉클하게 느껴지는구나.'
'사랑한다는 말이 나올 시점이긴 한데, 좋아한다는
말로 조금만 가볍게 표현해보자.'
이런 식으로 감성을 전달하는 기술을 수없이 개발
하여 데모를 만들었다. 그렇게 해서 곡이 팔리면 나
의 기술을 인정받은 것 같았다.

혼자 간직하고 싶었던 에피소드를 이제 망설임 없
이 노래에 녹여버리는 나는 그저 '감성 기술자'가 되
어버린 걸까?

후회는 없다.

널 설득할 수만 있다면.

짝 사 랑 의

보 편 성

내 짝사랑의 기억은 대체로 비슷하다. 아마 다른 사람들도 그렇지 않을까. 짝사랑을 소재로 한 가사가 많은 사랑을 받는 이유도 여기에 있다고 생각한다.

내가 좋아한 사람은, 다른 곳을 바라보는 사람이었다. 그녀는 다른 사람 때문에 몹시 아파하거나 행복해했다. 그녀의 삶에서 나는 매우 비중 없는 역할을 맡았다. 내가 좋아한 사람은, 잘 웃는 사람이었다. 나를 보고 밝게 웃으면 나는 그 웃음에 괜한 의미를 부여하곤 했다. 그러다 마음이 깊어지면 더 아팠고. 내가 좋아한 사람은, 가까이에 있는 사람이었다. 물리적 거리는 가까웠으나 마음의 거리는 좀처럼 좁혀지지 않았다.

그 마음을 담아 노래로 쓰기 시작했다. "너를 사랑하지 않는 그 사람이 가끔 부럽기도 했"던 경험은 NCT 127의 〈나의 모든 순간〉으로, "행복한 너의 얼굴이 난 가장 힘들"었는데 그 기억은 샤이니의 〈방백〉으로 남았다. 그리고 시간을 되돌려 너를 다시 만나고 싶은 마음은 온앤오프의 〈사랑하게 될 거야〉로 만들어졌다.

　가끔은 궁금하다.
　그녀의 순간에도 내가 있었을까.

Copy & Paste

하루가 복사되어 반복되는 듯하다.

고된 일과를 마친 뒤 현관문을 밀고 집에 들어선 순간부터 소파에 앉기까지 걸리는 시간은 20분 내외. 늘 같은 자리에 가방을 놓고, 적당히 씻고, 멍하니 TV를 바라본다. 오른손에 쥔 휴대전화에서 구독 중인 유튜브 채널의 영상이 재생되고, 왼손에는 어제도 마셨던 맥주 캔이 들려 있다. 어제도, 그제도, 그끄저께도 그랬다.

내 직업이 지하 작업실에서 늘 '새로운 것'을 만들어내는 것이라지만 '내가 만드는 것이 과연 정말 새로운 것일까' 하는 생각이 들 때가 있다. 나는 나의 오늘을 복제하여 내일을 살아가는 걸까. 어쩌면 사람의 인생이란 다 그렇지 않을까. 가끔 출현하는 돌연변이에게 큰 기대를 하면서, 그렇게.

내일이면 또 하루가 시작되고 나는 비슷한 하루를
보낼 것이다.

새로운 나의 시간을 시작하게 하는
원동력은 무엇일까.
그 이유를 찾기 위해
내일을 살아야 하는 건 아닌지.

멈추지 않고 흐르는 시간 속

무한히 발행되는 하루하루는

'내일'에 탑승할 수 있는 약속의 티켓일지도.

고쳐 쓴   멜로디

좀처럼 널 설득할 수 없을 것 같아서
오늘도 멜로디를 고친다.
어젯밤 단숨에 쓴 멜로디는
내 감정에만 충실하여 네가 델 것 같고,
지난번 쓰다 만 멜로디는
너무 우물쭈물해서 답답해할 것 같다.
넘치는 욕심을 덜어냈더니 반주밖에 남지 않았다.

너는 어떤 멜로디를 좋아할까?
고민하다 보면 어느새
꾸밈음만 남아 둥둥 떠다니는데.

백지에서 시작하는 것이 차라리 나은 순간도 있다.
아니, 적어도 내게는 그런 순간이 더 많다.
고쳐 쓰려는 욕심을 놓지 못하는 내 마음을
네게 솔직히 보일 수 없어서
나조차 둥둥 떠다니는 어느 날 밤에.

삶의 끝까지

고민하더라도

"요즘 너무 불안해요. 앞으로 어떻게 살아야 할지 모르겠고, 언제까지 음악을 재미있게 할 수 있을지도 모르겠어요. 현실을 생각하면 그래요. 돈 생각을 아예 안 할 수는 없으니까요. 곡을 만들고 가사를 쓰다가 막힐 때도 많아요. 막막하고, 힘들고, 외로워요."

내게 이런 고민을 터놓는 이들이 종종 있다. 졸업 후 한 푼도 벌지 못해 방황하던 날들, 당장 내년이 불투명한 삶, 그건 어쩌면 음악을 하는 사람의 숙명일지도 모르겠다. 난 경험을 바탕으로 상담해주며 용기를 북돋으려고 애쓴다. 그러다 이내 부끄러워진다. 누가 누구에게 조언하나 싶다. 그의 고민은 현재 내 고민과 크게 다르지 않다.

나도 마찬가지다. 곡을 쓰려고 시퀀서(작곡 프로그램)를 열면 머릿속이 하얗게 된다. 지난번보다 더 큰 도화지를 앞에 둔 기분이다. 어디서부터 시작해야 할

지 막막하고, 어떤 이야기를 해야 할지 모르겠다. 내
인생도 마찬가지다. 나는 언제까지 음악을 할 수 있
을까. 언제쯤 스트레스 없이 자유롭게 나의 메시지를
노래 안에 담을 수 있을까. 돈을 더 벌면 될까. 벌고
싶다고 해서 더 벌 수는 있을까. 이런 고민을 수없이
하다 보니 대충 결론이 내려진다. 난 삶의 끝까지 계
속 이럴 거라는 결론.

　생애 첫 번째 싱글 앨범을 준비하는 싱어송라이터
의 고민. 그리고 한 팀의 새로운 정규 앨범을 준비하
는 프로듀서의 고민. 그 내용은 무척 다르겠지만 사
실 고민의 결은 비슷하다.

괜찮다.

삶의 끝까지 고민하더라도

나는 '나'로 살아갈 테니까.

막막하고, 힘들고, 외롭더라도

내 인생이라는 서사를 새로 쓰는 과정일 뿐.

소리에서

너의 향기를　느낄 수 있어

이따금 소리와 함께 향기를 느끼곤 한다. 언제부터 그랬는지 알 수 없지만, 예민한 후각과 청각이 교감하는 상황은 꽤나 흥미롭다. 특히 타인의 목소리에서 향을 느낄 때가 많았다. 가령 온앤오프 효진이가 고음을 지르는데 매운 냄새가 나면 목 상태가 안 좋은 날, 초콜릿 냄새가 나면 노래가 잘되는 날. 레드벨벳 조이의 목소리에서는 늘 아침의 풀 향이 났고, 적재의 목소리에서는 묵직한 커피 향이 났다.

나무 향이 나는 사람을 만났다. 향수의 '우디함'과는 다른, 뿌리를 내리고 우직하게 살아 있는 나무의 향이었다. 그 사람의 목소리를 듣고 있으면 큰 공원 한편에서 쉬는 기분이 들었다.

"네 목소리에선 나무 냄새가 나."

이렇게 말을 건넸을 때, 그런 말은 처음 들어본다
던 목소리에서도 짙은 향이 났다.

긴 통화보다 문자메시지를 좋아하던 내가,

변한 이유.

너
를

쉽게   정의하지 마

나다운 게 뭔지 너다운 게 뭔지

그런 생각을 말자.

열두 가지로 나눈 유형에

네 성격을 끼워 맞추지 않았으면 좋겠어.

난 빛은 파동이자 입자라는

과학적인 명제를 믿어.

너의 성격은 한마디로 정의할 수 없지.

네 감정 역시 단순하지는 않을 거야.

'슬프다' 혹은 '기쁘다'라는 말로

간단히 표현할 수 없을 때가 많겠지.

기쁜데 슬프고, 즐거운데 지루한 날도 있으니까.

그러니까, 널 '어떤 사람'으로 쉽게 정의하지 말자.

너는, 다양한 사람이니까.

I Do

멀리 떨어져 있어도 '함께'라고 느낄 때가 있다. 문
득 누군가를 생각하고 있는데 바로 그 사람에게서 연
락이 올 때 그렇다. 심지어 서로 연락하지 않았는데
함께인 것 같은 순간도 있다. 친구, 연인, 가족뿐 아
니라 가수와 팬 사이에도 그럴 때가 있다.

요즘 케이팝이 세계적 인기를 얻고 있지만, 우리나
라 가수의 언어를 해외 팬들이 모두 이해하지는 못할
것이다. 멀리 떨어져 있어서 물리적 거리도 상당하
다. 그럼에도 해외 팬과 우리나라 아티스트는 음악을
통해 음악 이상의 것들을 공유하며 함께하고 있다.
나는 그렇게 확신한다.

곡을 만들 때 머릿속에 마치 뮤직비디오 같은 영
상을 떠올리곤 한다. 온앤오프의 〈I Do〉를 만들 때
는 유난히 비현실적인 상상을 많이 했다. 우리 집 욕
조에 머리까지 담갔다가 숨이 차서 밖으로 나오니 지

구 반대편 어느 호수 위였다는 상상. 공간 제약 없이 서로의 감정을 실시간 데이터로 주고받는 상상. 이런 상상을 하다가 '물리적인 제약에서 벗어나 감성이 공유된 새로운 집단성'에 대한 이야기를 음악으로 풀어내고 싶어졌다.

네트워크의 발달로 메시지를 보내는 일이 매우 간단해진 지 오래다. 그러나 메시지로는 서로의 체온을 느끼지 못한다. 그렇기에 지금 멀리 있는 누군가를 무척 느끼고 싶을 때, 음악이 서로를 이어줄 수도 있다고 생각한다. 나는 그렇게 믿는다. I do.

마음과 마음이 연결된다면

공간과 공간이 멀어져도,

다른 시간을 살아도

너와 나는 결국 만나고 말 테니.

이별

노래가

아니야•

• 〈이별 노래가 아니야〉, 온앤오프(드라마 〈연애혁명〉 OST)

혼자 누군가를 좋아하는 일은 쉽지 않다. 상대의 한마디에 내 하루의 기분이 정해지고, 때로는 그가 SNS에 올린 사진 한 장 때문에 밤을 새우기도 한다. 그렇게 감정을 억누르다가 잘못된 타이밍에 터져나온 고백이 일을 그르쳐버리기도 한다. 이런 경험 때문인지, 난 좋아하는 사람이 생기면 슬픈 노래를 주로 듣곤 했다.

언젠가부터는 그렇게 하고 싶지 않았다. 아직 사랑을 시작하지도 못했는데 이별 노래를 듣다니. '그냥 마음이라도 알아줬으면 좋겠어'라고 자존감 낮은 고백을 하고 싶지도 않았다. 비록 혼자 하는 사랑에 마음이 처량해지더라도 고백만큼은 청량한 말로 하고 싶었다. 그런 마음으로 가사를 썼다.

사랑이, 삶이 무거워도
네게 닿는 고백이 무겁지 않았으면 좋겠다.

차가운 응원 1

그가 너를 사랑한 건 명백한 사실이야.
그가 너를 떠난 것도 마찬가지고.

당연히 그는 너를 기억할 거야.
좋은 기억과 나쁜 기억 모두 남아 있겠지.
가끔 '추억'이라는 이름으로 널 들추어보겠지.
물론 대부분의 시간은 널 생각하지 않겠지만.
그리고, 같은 사건을 두고도
서로의 기억이 다르겠지만.

가끔 너는, 그때의 너로 증명되고 싶은 듯 보여.
과거를 들추어봤자
혼자만의 감정싸움이 반복될 뿐인데.
지금 홀로 선 너를 증명하는 편이 좋지 않을까?
애써 그를 응원하는 감정을 갖지 않아도 좋아.
미련은 네 감정을 먹이로 삼아 자라니까
끌려가지 말자.

너는 그를 많이 사랑했어.

그리고 헤어졌지.

그 이상의 생각으로 자신을 괴롭히지 말자.

못난 지난날은 그냥 떠나보냈으면 해.

후회의 감정은 당연하지만,

과거에 머무르지 않아도 돼.

하루 지난 만큼, 한 뼘 더 자란 마음을 보여줘.

부디 자신을 아껴줘.

내 삶은

내가 만드는 거니까

　가사를 쓸 때 내 과거를 자주 복기하곤 한다. 하지만 경험에서 소재를 이끌어내는 데에도 한계가 있다. 새로운 사람을 만나고 이별을 반복하는 것이 '나의 일'은 아니며, 다른 사람보다 연애 경험이 그리 많은 편도 아니기 때문이다. 옛날 일을 되살려 쓰는 것도 한두 번이지, 내 경험이라고 할지라도 계속되면 몇 번이나 우려내 투명해진 사골 국물이 되어버린다. 매번 이런 식으로 가사를 쓸 수는 없다. 가사를 쓰자고 새로운 경험을 해야 하나? 그러자니 나는 너무나 바쁜 엔터테인먼트 산업 한가운데 있지 않은가.

　그래서 나는 개별적인 경험들을 토대로 이야기를 재구성하거나, 상대방에게 '빙의'하여 가사를 쓰거나, 어디서 들은 것들을 바탕으로 스토리를 만드는 등의 방법을 활용하게 되었다. 사실 이렇게 쓴 가사들도 결국 나의 내면을 거울처럼 비춘다. 내 경험에 허구가 한 스푼 더해진 셈인데, 실제 경험과 다른 내

용이라고 하더라도 그것 역시 나에게서 나온 가사임은 분명하다.

그런데 언젠가부터 문제가 생겼다. 내 가사가 종종 나 자신의 예언서가 되어버리기도 하는 것이다. "중요한 건 너와 나의 타이밍"*이라는 노랫말을 쓰고 나서 연애의 미묘한 타이밍 때문에 고민하는 일이 생긴다거나, "그대 없이 무엇을 하려 해도 그대라는 중력에 뒷걸음만"*이라는 가사가 나중에 내 현실이 된다거나 하는 일들 말이다.

가사가 현실이 되어 나를 괴롭힌 적은 많다. 나는 슬픈 가사를 꽤 많이 썼다. 이것이 매우 슬픈 지점이다. 이게 혹시 '확언'일까? 긍정적인 자기 확신을 글로 남기면 언젠가 그대로 이루어진다는 확언 말이다. 내가 정확히 그 반대인 '부정 확언'을 해버린 것은 아닌지 쓸데없는 걱정이 되기 시작했다.

그래서일까. 요즘은 가사를 쓸 때 굳이 이야기의 결론을 내지 않는 때가 많아졌다. 슬픈 예언서를 만들고 싶지 않아서. 뻔한 이야기지만, 내 삶과 사랑이라는 음악은 내가 만들어가야 하니까.

● 〈타이밍〉, B1A4 · 오마이걸 · 온앤오프
● 〈그대 없이〉, 마이애프터눈

좋은 생각을 하고

좋은 글을 쓰면

언젠가 좋은 일이 생기지 않을까.

행복한 사랑을 하는 날이 오지 않을까.

그런 생각을 종종 한다.

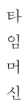

타
임
머
신

음악을 업으로 삼으면서 음악을 온전히 '감상'하
는 시간은 줄어들었다. 신곡이 나오면 '모니터링'하
고, 뮤직비디오를 '분석'해야 한다. 신곡이 웬만큼 귀
를 사로잡지 않는 이상 1절만 듣고 다음 곡으로 넘긴
다. 피겨스케이팅 심판진이 선수의 연기를 꼼꼼히 관
람하고 점수를 매기듯 나도 음악에 점수를 매겨본다.
내 생각과 달리 대중의 반응이 좋은 곡에는 어떤 '상
업적 포인트'가 있는지 면밀히 살핀다. 난 음악을 좋
아해서 음악 일을 하고 있지만, 정작 음악을 즐기지
못하는 아이러니한 현실을 살고 있다.

어느 날 불쑥 불안이 덮쳐왔다. 이렇게 살면 안 되
겠구나. 계속 이런 식이면, 얼마간은 팔릴 만한 상품
을 만들어낼 수 있겠지. 그런데 오래 음악 일을 할 수
는 없을 것 같았다. 그래서 생각에 빠졌다. 나는 무엇
을 좋아했었나? 나라는 사람을 구성한 음악은 무엇
이었나? 내 좁은 작업실은 타임머신이 되었다.

중학생 시절, 우리 동네에 '비틀스와 베토벤'이라는 아주 작은 음반 가게가 있었다. 나는 수업이 끝나면 늘 그곳에 갔다. '형'이라고 부르던 가게 사장님은 이것저것 물어보는 내가 대견했는지 다양한 음악을 들려주었다. (원래 음악 애호가들은 자기가 좋아하는 음악을 꼭 다른 사람에게 '영업'한다.) 그 형 덕분에 난 록부터 재즈까지 여러 장르를 접할 수 있었다.

오래전 나의 가슴을 뛰게 한 곡을 오랜만에 틀었다. 음악에는 주름이 생기지 않아서 여전히 생생했다. 신기하게도 이 곡을 모니터링할 마음은 조금도 들지 않았다. 이 곡의 상품성이나 기술성 따위는 전혀 생각나지 않았다. 음악을 온전히 감상하는 시간, 그 시간 속에서 나는 음악을 미치도록 사랑한 한 소년을 만났다.

궁금하다.

너라는 사람을 살아 숨 쉬게 했던

그 순간은 바로 언제인지.

반대의 삶을 살아간다는 것

작곡가의 삶은 계절을 반대로 탄다. 여름에는 가을 노래를, 겨울에는 벚꽃이 흩날리는 봄 노래를 만들어야 하니까. 한 계절 혹은 두 계절을 앞서 사는 것은 이제 내 삶의 일부가 되었다. 그런가 하면 현실의 상황과 반대되는 곡을 써야 할 때도 많다. 이제 막 사랑을 시작해 모든 순간이 환희일 때 이별의 아물지 않은 상처를 노래해야 한다거나, 헤어진 날 숨이 멎을 것 같은데 '사랑해 오늘보다 더' 같은 내용의 노래를 만들어야 하는 순간을 자주 마주한다. 이따금 작곡가라는 직업이 잔인하게 느껴지기도 하지만, 온도 차이가 있는 이런 때는 오히려 직업으로서의 영감이 발휘되기 좋은 시기다. 현실의 결핍을 음악에서 구할 때, 의외의 결과물이 나온다.

평소 좋아해온 비요크와 시규어 로스의 앰비언스 (공간음) 가득한 사운드를 온몸으로 체험하리라는 기대를 가지고 아이슬란드 여행을 간 적이 있다. 매일 다른 장소에서 노트북과 미니 건반으로 곡 작업을 하려는 계획도 세워놓았다. 새로운 공간에서 느껴지는 감정을 그대로 표현하는 건 얼마나 멋진 일일까. 그러나 정작 나는 눈앞에 끝없이 펼쳐진 설원이라는 대자연에 매일 농락당하고 또 농락당했다. 형용하기 힘들 정도로 고독한 극한의 시간. 결국 그 섬에서 단 한 음도 찍지 못했고, 단 한 글자도 쓰지 못했다.

회고 추운 섬의 여행이 끝날 무렵, 나는 드디어 내가 지금 무엇을 원하는지 알게 되었다. 곧바로 모노트리 윤종성 작가에게 메시지를 보냈다.

'우리 레게 트랙 만들어요. 제가 먼저 소스를 좀 보내드릴게요.'

그렇게 탄생한 곡이 온앤오프의 〈스쿰빗스위밍〉. 작열하는 태양 아래 파란 바다와 초록 숲, 그리고 한없이 늘어져 있고 싶은 소망을 아이슬란드에서 느꼈다.

반대의 삶을 살아간다는 것은 나름의 매력이 있는
지도 모른다.

이번 가을에는 신나는 댄스곡을 쓰게 될 것 같다.

슬럼프는
워밍업의 시간이니까

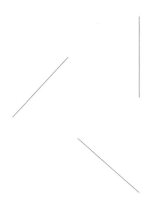

작곡가이자 프로듀서로 활동하면서 여러 팀과 함께 작업했지만, 온앤오프라는 팀은 내게 매우 특별하다. 그런데 멤버 여섯 명 중 한국인 멤버 다섯 명이 거의 같은 시기에 입대하는 바람에, 나에게 오랜만의 휴식이 찾아왔다. '얼른 새 앨범을 내야 하는데…' 하는, 일종의 조급함이 사라진 것이다.

그해 연말은 무척 특별했다. 당장 해야 할 일이 없었다. 온앤오프 데뷔 이후 4년뿐 아니라, 지난 10여 년간 내게는 늘 '해야 할 일'투성이였다. 그래서 '주 7일' 출근했고, 해외여행을 갈 때도 휴대할 수 있는 음악 장비를 꼭 챙겼다. 내 삶에 휴식이 없는 것을 당연하게 생각했다. 그렇게 쉼 없이 살았는데 갑자기 할 일이 사라져버리니 적잖이 당황스러웠다. 나는 이 기회에 좀 쉬라는 지인들의 조언을 받아들이기로 했고, 집에 틀어박혀 약간의 집안일 외에는 그 어떤 생산적인 일도 하지 않았다.

그렇게 딱 이틀을 보냈다. 하루는 살 만했다. 그래, 이렇게 쉬어줘야 제대로 사는 거지. 그런데 이틀째 아침이 되자마자 우울감이 가슴속에서부터 밀려왔다. 이렇게 세상에서 잊히고 마는 건 아닐까. 이러다 내 흔적조차 자취를 감추어 아무도 나를 발견하지 못할 것만 같았다.

결국 자리에서 일어나 작업실에 갔다. 텅 빈 시퀀서 화면을 응시하다 '뭐라도 만들어야겠다'라는 생각이 들어 작업을 시작했다. 물론 그 파일은 몇 시간 뒤 버려졌다. 이런 날들이 이후로도 반복되었고, 인정할 수밖에 없었다. 나는 '슬럼프'에 빠져 있었다.

우울감을 이겨내는 방법은 작업뿐이라는 생각에 또다시 음악과 씨름했다. 곡을 만들고 지우고, 또 만들고 지우고. 모든 걸 다시 시작하는 기분이었다. 예전에 어떻게 수많은 곡을 만들어냈는지 잘 기억나지 않았다. 시대의 벼랑 끝에 몰린 기분이었다. 발꿈치 뒤로 작은 돌들이 부서져 떨어지고 있었다. 삐끗하면 아득한 곳으로 내동댕이쳐질 것 같은데, 어떻게 해야 하나. 불과 몇 달 전까지만 해도 곡들을 쏟아내던 내가, 내 마음에 드는 한 곡을 만들지 못해 무척 괴로워하고 있었다.

그렇다. '내 마음에 드는 곡'을 만들고 싶었다.

간절함이 생겼다. 좋은 곡, 내 마음에 드는 곡 하나를 제대로 만들어보고 싶어졌다. 내 음악을 기다리고 바라는 사람이 하나도 없을지 모른다는 생각이 들었다. 그래도 괜찮다. 마음은 횅하지만 머리는 가벼워지고 있다. 다시 출발선에 서기 위해 몸에 열을 내고 있다. 그렇게 나는 워밍업을 시작한다.

2

버려지는 순간을 지나온
이들을 위해

사랑이라는 게,

이별이라는 게

왜 이렇게 힘들지?

딱 나 같은 사람을 위한 곡을 쓰고 싶었다.

어른이지만
어른의 연애가
궁금해

중학생 때: 직접 고백할 용기가 나지 않아 크리스마스카드를 만들어서 내 마음을 담았다. 상대방의 대답은 없었다.

고등학생 때: 좋아하는 사람이 생긴 친구의 고민을 들어줬다. 그 친구의 친구가 몹시 부러웠다.

스물일곱 살의 여름: "다 좋은데, 아무리 생각해도 오빠가 남자로 느껴지지 않아." 일말의 희망도 남길 수 없다는 거절 멘트를 들었다. 그해 여름, 내게 더 이상의 사랑이 있을까 궁금해졌다.

문득 깨달았다. 내 짝사랑은 진전이 없었다. 내가 고백하면 그 관계는 끝나고 말았다.* 난 이미 어른으로 불리고 있었지만, 어른의 연애가 궁금했다. 어쨌든, 지금 나는 또 편지를 쓰고 있다. 악필인 나의 글씨를 상대가 최대한 알아볼 수 있게 눌러 쓰다 보니 팔이 저려온다. 맞다. 좋아하는 사람이 생긴 것이다.

  사랑의 세계에서 나는 아직도 어른이 아니다. 혼자
좋아하는 일, 많이 해봐서 괜찮을 줄 알았는데 오늘
밤에도 뒤척일 것 같다. 나는 언제쯤 어른다운 사랑
을 할 수 있을까.

● 샤이니 〈방백〉, 소녀시대(제시카·티파니·서현) 〈오빠 나빠〉, f(x) 〈좋아해도
  되나요〉, NCT 127 〈나의 모든 순간〉··· 맞다. 모두 내가 쓴 '외사랑 노래'다.

버려지는 순간을

지나온

이들을 위해

여섯 살 무렵 나의 피아노가 생겼다. 피아노가 집에 온 날, 나보다 더욱 감동을 받은 사람은 아버지였다. 아버지는 피아노 표면에 묻은 먼지까지 닦고 또 닦았다.

키도 작고 운동도 잘하지 못했던 어린 시절, 그저 그런 하루를 보내고 집에 돌아오면 텅 빈 집 안에 덩그러니 놓인 피아노가 잠을 자고 있었다. 그때부터였을까. 피아노가 나의 하루를 담는 특별한 존재가 된 것이. 피아노 건반을 누르면 타현으로 울린 진동이 음이 되어 내게 닿았다. 손으로 노래를 부르면 피아노 몸통으로 들어가 묘한 소리가 되어 나왔다. 시간이 흘러 일렉트릭 피아노로 곡을 쓰게 됐지만, 여전히 피아노는 나의 침대 가까이에서 가장 진솔한 이야기들을 담고 있었다. 내가 사랑을 나누는 순간도, 새벽까지 괴롭게 울다 겨우 잠드는 모습도 피아노만이 지켜보았을 것이다.

몇 년 전 이사를 준비하며 그 녀석을 없애야 할지 고민했다. 하얀 벽에 시커먼 피아노는 어울리지 않았으니까. 특히 이런 고민을 하게 된 데에는 나의 '이별'이 한몫했다. 마침 바로 그 무렵 나는 어른이 되어 보낸 시간의 반절을 함께했으며, 앞으로도 내게 허락된 시간의 전부를 함께하리라 믿었던 사람과 헤어진 것이다.

자연스럽게 나는 블랙박스 같은 나의 피아노와도 헤어지기로 했다. 며칠간 밖으로 나오지 않은 채 잠에서 깨어 피아노를 바라보면, 나의 매일매일이 백업되고 있는 커다란 피아노가 무서웠다. 상처가 다 아물어 괜찮아진 어떤 미래에 이 트라우마를 와르르 쏟아내진 않을까. 그래서 피아노를 버렸고, 생각보다 아프지 않았다.

버리고 나서 얼마간은 자주 생각나리라 예감했다. 시간이 지나면 희미해지겠지만 종종 떠올라 나를 아프게 할지도 모른다. 그러나 어느 시점에 이르면 헤어지게 되는 관계도 있다는 생각이 들었다. 그렇게 받아들여야만 삶을 다시 살아갈 수 있을 것 같았다.

"괜찮아."

나에게 버려지던 순간까지도

피아노는 나를 위로하고 있었는지도.

어떤 시간이 오면,

무언가를 버리게 될 수도 있다는 것을

피아노는 알았을까.

"괜찮아."

난 그런 순간을 지나온 이들을 위한

곡을 쓰고 싶었다.

뻔

한

후

회

돈이 없었다.
네게 어울리는 옷을 사주고 싶었고,
늦은 밤 함께 택시를 타고
집 앞에 데려다주고 싶었다.
너와 함께 여행을 떠나고 싶었다.
마지막 지하철 시간에 맞춰 뛰던 날들,
뭐 하나 제대로 선물해주지 못했던 기념일.
어쩌면 나는 너보다
돈이 가지고 싶었는지도 모른다.
돈만 많으면 뭐든 할 수 있을 것 같았다.

돈이 생겼다.
차고 넘칠 만큼은 결코 아니지만,
'어느 정도' 생겼다.
하루 세 끼 원하는 음식을 먹고,
쉬는 날이면
휴양지로 훌쩍 떠날 수 있는 삶이 되었다.

네 생일에 남들이 부러워할 선물을 살 수 있고,
내 차에 너를 태워 어디든 갈 수 있다.
그런데 이제 내 곁에는 네가 없다.
어떤 것으로도 나는 너를 채워줄 수 없었다.

나는 너만 있으면 되는데.

부족한 게 많아도,

넘치는 것을 뽐내지 않아도

사랑이면 될 텐데.

마음이 불안하면 머리부터 복잡해져.

결국 모자란 건 서로의 마음이 아니었을까.

연 명 치 료

아직 가지 마.

조금만 시간을 줘.

붙잡고 싶어서 이러는 거 아니야.

아무 말 하지 않아도 되니까 잠시 이대로 있자.

저편에서 배드민턴 치는 사람들을

멍하니 바라보기만 해도 좋으니

그냥 이대로 조금만 더 있으면 좋겠어.

1초라도 이별을 늦추고 싶은 나는

너를 안았고,

1초라도 빨리 헤어지고 싶은 너는

그저 마지막 배려를 해주고 있다.

네가 입을 다문 채 한숨을 쉬는 소리와 함께

네 손톱이 휴대전화에 닿는 소리가

계속해서 들려오고 있다.

너의 마음이 어떤지,

이제부터 내가 어떻게 행동하면 되는지도

잘 아니까,

그냥 이대로 있자.

곧 헤어지니까.

내가
너의

그늘인 줄 모르고

더운 여름날, 커다란 나무 그늘 아래에 있으면 시
원하다. 땀을 식혀주는 그늘은 소중한 도피처이자 안
식처다.

그런데 '그늘'이라는 말을 사람에게 대입하면 대체
로 부정적인 뉘앙스가 강해진다. '얼굴의 그늘', '너라
는 그늘', '그 사람의 그늘 아래'와 같은 식으로 말이
다. 특히 사람이 사람을 가리는 것은 좋지 않은 듯하
다. 어떤 마음으로 상대를 가리려고 했든지 간에.

유키카의 〈그늘〉이라는 곡은 그늘에 대한 이야기
를 담고 있다. 큰 나무와 같다고 믿었던 사람의 친절
이 어느 순간부터 화자를 괴롭히기 시작한다. 그렇게
그늘은 어둠이 되었고, 화자는 그의 그늘에서 반드시
벗어나야만 했다. 어둠에서 벗어나기 위해 나쁜 사람
이 되어야만 했다.

감사하지만 감사하지 않은, 그런 상황을 이야기하고 싶었다.

나 역시 그랬다. 내가 누군가의 큰 나무라고 생각한 적이 있다. 우리 사이에서 내가 그런 역할을 해야한다고 생각했다. 내가 성장할수록 더욱 안전하게 너를 지켜줄 수 있을 것 같았다.

네게 어둠을 드리우는지도 모르고.

짙어진 나의 그늘은

너에게 칠흑 같은 어둠이었을지도 몰라.

나는 너를 지키고 싶었던 걸까,

아니면 숨기고 싶었던 걸까.

'힘내'라는 말은

하지 않을게

지금 너에게 필요한 건
'괜찮아', '잘하고 있어', '힘내' 같은
흔한 말은 아닐 거야.
그런 말에 우린 내성이 생겼으니까.

주저앉은 너에게 일어서라고 손을 건네기보다
곁에 앉아 시답잖은 이야기를 하고 싶어.
고개를 떨군 채 아무 말 없는 네게
오늘의 하늘빛을 말해주고 싶어.

너의 기분은 묻지 않을게.
괜찮지 않은 너에게 괜찮으냐는 물음은
그저 날 위한 확인일 뿐이잖아.
생각보다 냉정하고 가시가 많은 세상이라도
잠시 이대로 있자, 그래도 돼.

내가 옆에 있을게.

사 랑 노 래 가
왜   이 렇 게   많 을 까

사랑 노래가 왜 이렇게 많은지 고민한 적이 있다. '너를 사랑해', '네가 보고 싶어', '네가 날 떠나서 괴로워'⋯. 만남과 이별에 대한 수많은 노래가 지금 이 순간에도 쏟아져 나오고 있다. 음원 차트를 점령한 갖가지 사랑 노래들이 지겨워서 일부러 다른 주제의 음악을 만들어보아도, 대체로 사람들은 사랑 노래를 가장 좋아한다.

내게 음악은 예술 행위이자 현실적인 사업이기에, 대중의 니즈를 생각하지 않을 수 없다. 그래서 왜 사랑 노래의 인기가 많은 것인지 연구했지만 뾰족한 답을 찾지 못했다. 대중음악에서 사랑 노래가 많은 건, 한국인이 식탁에서 김치를 찾는 것처럼 너무 자연스러운 일이 아닐까. 그 정도가 내 결론이었다.

그러다 문득 지난날을 떠올려보았다. 처음 이별을 경험했을 때, 다시 누군가에게 설레기 시작했을 때,

그때마다 나는 어디선가 들려오는 사랑 노래에 발걸음을 멈추곤 했다. 마음이 살아 움직이는 순간에는 늘 사랑 노래와 함께였다. 그런가 하면 거대한 세계관이나 마케팅 포인트를 생각하지 않고, 그저 내 마음이 움직여서 만든 노래들도 헤아려보았다. 그 노래들 역시 사랑을 주제로 삼았다. 사랑을 소리로 표현해내면 '노래'가 된다. 나도 그 노래를 통해 위로받고 있었다.

사랑 노래가 많은 까닭을, 내가 사랑 노래를 만드는 이유를 알 것 같았다.

누구나 일생에 한 번은 사랑을 하고,

그 사랑을 통해 또 다른 세계를 만난다.

그 세계는 내 마음을 살아 움직이게 하고

나를 바꾸어놓기도 한다.

사랑이 아니면 무엇이 그렇게 할 수 있을까.

그래서 나는 오늘도 사랑 노래를 만든다.

사 랑 하 는 것 이
    이 렇 게 힘 들 어 서 야

너라는 사람을 알게 되고

나는 막다른 곳에 선 기분이야.

지금 나는

높은 나무들이 시야를 가로막는 숲속에 서 있어.

가시덤불을 헤쳐나가다 상처를 입기도 하고,

길을 잃고 그 주변만 맴맴 돌기도 하지.

길을 내며 긴 시간을 걸었어.

다시 돌아가야 한다면

그땐 헤매고 싶지 않아서.

그렇게 몇 주를 걷다 도착한 숲의 끝에는

황량한 사막이 펼쳐져 있었어.

이글거리는 아지랑이 너머로

신기루인 줄 알면서도 손을 뻗었고,

모래바람에 발자국마저 금세 지워져버려서

나는 또 길을 헤매고 있어.

이다음은 어딜까.

사막을 지나 바다 앞에 서면

그땐 더 나아갈 수 없을 텐데.

다음 그다음으로 계속 향하면

가장 마지막 단계에서 널 만나게 될까.

그곳에 정말 네가 있을까.

혹시 나는 지금

너라는 세계를 방랑하고 있는 걸까.

사랑하는 것이 이렇게 힘들어서야.

기

억

의

지

문

나는 다른 감각보다 후각이 더욱 예민한 편이다.
낯선 공간에 가면 나도 모르게 킁킁거리는데,
눈으로 볼 때보다 많은 정보가
냄새로 느껴지게 마련이다.
지나가는 사람들의 체취,
공간을 둘러싼 건축 자재에서 나는 특유의 냄새,
처음 맡는 실내 방향제 향기….

이런 것들은 기억의 지문으로 남는다.
후각을 잃는다면 난 수많은 기억을
잃어버리고 말 것이다.

당신은 무엇으로 기억하는지.
당신에게 기억의 지문은 무엇인지.

슈뢰딩거의 고양이●

● 물리학자 슈뢰딩거가 고안한 양자역학의 대표적인 사고 실험.
우리는 '관측'하기 전까지 어떠한 존재의 실체를 알지 못한다.
(현재 이 책을 읽는 당신의 눈에 관측되고 있지 않은 나는, 이 순간에는
입자가 아닌 파동의 형태로 퍼져 어딘가를 둥둥 떠다니거나 이미 죽은
입자의 형태일 수도 있다.) 따라서 상자 속 고양이의 경우, 우리가
관측하기 전까지는 죽어 있거나 살아 있는 상태인 것이다.

언젠가 다가올 마지막이 두렵다고?

그건 호흡이 멈추었다는 뜻일 뿐,

아예 사라졌다는 말은 아니야.

호흡이 멈추면 우리는 원자 단위로 쪼개지겠지.

다시 지금의 모습으로 합성될 수 없다고 해도

우리 몸의 일부분은 여전히 이 별을 떠돌게 되는걸.

저 멀리 우주로 날아가 다른 별에 가게 될지도 모르지.

이 지구에 완전히 새로운 것이 있을까.

우리는 끊임없이 서로를 구성할 텐데.

그렇게 돌고 돌다 기억이 묻은 원자를 만나면

어떤 기분일까 궁금하지 않아?

걱정하지 마.

어쩌면 말이야, 슈뢰딩거의 말대로

우리는 살아 있는 동시에

이미 죽어 있기도 하니까.

서툴러도 괜찮아

몇 번째 연애든 내 사랑은 늘 첫사랑 같다. 딱히 좋은 말은 아니다. 몇 번의 연애를 했음에도 불구하고 학습 효과가 없었다는 뜻이니까. 같은 실수를 반복할 뿐더러 아직 연애 기술을 익히지도 못했다. 뜨거운 순간을 움켜쥐고 놓지 않으려다 상대에게 부담을 준 적도 많았고, 혹시 상대가 부담스러울까 싶어 조심조심 배려하다 '골든타임'을 놓친 적도 있었다.

그래서 좋아하는 사람이 생기면 무척 예민해지나 보다. 아침에 머리를 정리하다가 다시 감은 적이 수차례인 데다 셔츠 안에 받쳐 입는 옷 색깔을 고민하다가 늦기도 했다. 오늘은 메시지 마지막에 'ㅋㅋ'를 쓰려다 'ㅎㅎ'로 고쳤다. 가볍게 보일 것 같아서. 그러다 'ㅎㅎ'가 성의 없어 보일까 싶어서 말줄임표를 덧붙일지 고민하기도 했다. 결국 앞서 보낸 메시지에 표시된 '1'이 사라진 것을 확인하고는 시간에 쫓겨 문장 끝에 느낌표를 붙였다.

가만히 생각해보면 몇 번째 연애든 첫사랑 같다는 게 딱히 나쁜 말은 아니지 싶다. 서툴긴 해도, 사랑하는 사람과의 사이에서 일어난 사소한 일 하나까지 예민하게 받아들이며 웃고 울 수 있다는 것이 인생에서 얼마나 소중한 일인지. 사랑에 둔해진 채로 감정 없이 살아가는 것보다는 늘 처음인 듯 실수투성이인 것도 그리 나쁘지 않다.

차가운 응원 2

잊으려 마음먹으면 추억은 다시 꿈틀거리지.

그러다 너를 마비시킬 테니 방심해서는 안 돼.

괴로울 거야.

'현생'은 15초씩 건너뛰기를 할 수 없고

재생 속도도 기본으로 세팅되어 있거든.

잊을 수 없어서 괜찮지 않은 순간에도

삶의 속도는 똑같이 흐르니까.

매 순간 들이쉬는 숨마저 괴로울 수 있어.

그런데 말이야, 그거 아니?

오늘도 빙글빙글 돌며 궤도를 전진하는 별은

평소와 같은 속도로 움직이고 있어.

우리는 이곳에 탑승한 승객일 뿐, 주인은 아니야.

이 별이 태양을 한 바퀴 돌고 나면

내 위로조차 기억나지 않을 거야.

지금 이별 때문에 힘든 네게 하고 싶은 말이 있어.

우리는 잘 잊는 존재야.

그러니 애써 지금 잊으려 하지 말자.

시간은 빠르지도 느리지도 않아.

자신의 속도를 지키며 흘러가겠지.

내년 이맘때쯤 너의 모습이 궁금해.

그땐 오늘 나의 위로가 기억나지 않길 바라.

혹은 오늘의 너를 가끔 떠올리며 농담하길 바라.

변

주

곡

가사를 쓰다가 혈이 막히는 기분이 든다. 자꾸 이전에 썼던 표현이 나온다. 불안하다. 나에게서 단어가 빠져나가는 느낌이다. 새로운 언어가 채워지지 않은 채로 매일 이렇게 언어를 써버려도 되는 걸까. 이러다 나중에는 내 이름 정도만 나에게 남아 있는 건 아닐까.

멜로디를 짤 때도 마찬가지다. 밤새 앞만 보며 뛰었는데 알고 보니 귀신에 홀려 집 근처를 계속 돌고 있었더라는 무서운 이야기를 들어보았을 것이다. 내 상황이 그렇다. 몇몇 음들 사이를 맴맴 돌고 있다. 이런 이름과 리듬은 지난번에 썼잖아! 뱅뱅 도는 멜로디는 소용돌이 속으로 말려 들어간다. 판단력이 흐려져서 이제는 무엇이 좋은지도 모르겠다. 내 안에 남은 멜로디는 더 이상 없는 걸까.

"언젠가 우리 사이에 할 말이 없어지면 어쩌지?"

밤새 통화하면서 이런 말을 한 적이 있다. 무슨 할 말이 그리 많은지 신기할 따름이었다. 하지만 시간이 더 지나서 서로의 일상을 손바닥 들여다보듯 훤히 알게 된다면 어떻게 될까. 말하지 않아도 서로를 너무 잘 아는 사이가 되면 우리는 아무런 대화도 하지 않게 될까.

'오늘은 어제라는 레이어를 복제해 그 위에 약간 다른 모습만 겹쳐놓은 게 아닐까' 하고 생각했었다. 하늘 아래 새로운 것은 없다고 한다. 더는 새로움이 없는 별에 살고 있다. 그러나 새로워지지 못하는 것에 대한 걱정은 오래가지 않는다. 우리는 이내 무언가를 보고, 듣고, 나눈다. 그렇게 끊임없이 변주하며 살고 있다.

아마도 우리는 계속 대화를 나눌 것이다.

가끔은 다투고 대부분은 사랑하면서.

오늘을 변주하여 내일을 살고,

내일을 변주하여 내일모레를 살고.

오랜 시간이 지나,

숙성한 너와 나의 관계는 어떻게 변화할까.

불안과 걱정 대신 기대를 해봐도 될까.

서

울

의

바

다

중학교 2학년 때였다. 영어 수업 중에 선생님이 창밖을 바라보다 불쑥 이렇게 말했다.

"야들아, 교실 밖에 저 산 말고 바다가 있으면 참 좋겠제?"

그때는 참 뜬금없다고 생각했는데, 얼마 전 내가 〈야간작업실〉 방송에서 이런 말을 했다.

"서울에 바다가 있으면 좋겠어요."

이 말을 듣고 적재와 이든은 "형, 요즘 부쩍 외로워 보인다"라며 농담을 했다.

대구에서 태어나 열아홉 살에 서울로 올라온 내게 바다는 참으로 귀한 풍경이다. 그래서인지 머릿속이 복잡하거나 너무 힘들 때는 유난히 바다가 그리워진다. 그 귀한 풍경을 보면 고민이 날아갈 것 같다. 그래서 혼자 차를 타고 한참을 달리거나, 비행기를 타고 몇 시간을 날아서 바다에 간 적도 많다.

내게 바다는 늘 혼자 가는 곳이었다. 바다 앞에 서면 '그래도 괜찮다'라고 말해주는 것 같았다.

늘 혼자 찾던 바다에 둘이서 간 적이 있다. 밤바다가 보이는 카페에서 그녀와 많은 이야기를 했다. 나는 무턱대고 그녀를 찾아간 내 감정에 대해 설명을 늘어놓았다. 그녀는 우리 사이에 놓인 현실적인 문제를 차근차근 짚었다. 나의 말에는 거짓이 없었고, 그녀의 말에는 틀린 것이 없었다. 우리는 함께 바닷가를 걸었다. 그때 나는 백사장과 바닷물의 경계를 정확히 짓기 어려운 것처럼 사람과 사람의 관계 역시 그렇지 않을까 생각했다. 어쩌면 우리도 이렇게 애매한 관계로 남지 않을까 두려움을 느끼면서.

서울로 돌아와 다음 날 한남대교를 지날 때였다. 또다시 바다가 미치도록 그리웠다. 서쪽에 보이는 반포대교 너머로 바다가 펼쳐진다면 참 좋을 것 같았다. 노을이 지는 수평선에 쭉 늘어선 아파트가 아닌 끝없는 수면이 펼쳐진 풍경을 보고 싶었다. 갈매기가 다리 위를 날고 소금기 묻은 바닷바람이 부는 해변을 그녀와 걷고 싶었다. 바다를 보면 잡념이 사라진다. 그래서 함께 바다를 바라보는 게 좋았다. 지금 내 옆의 너만 생각할 수 있어서 참 좋았다.

중학교 2학년 때, 아마 그 영어 선생님도 누군가가 보고 싶었던 것 같다.

바다가 없는 곳에서는 늘 바다를 그리게 마련이다.

네가 없어서

너를 그리던

바로 그날의 일기.

사 람 을

사 람 으 로   잊 어 서 는

안   되 는   이 유

사람은 사람으로 잊어야 한다는 말이 있지. 한때는 그 말을 믿었는데, 막상 새로운 사람을 만나도 상처만 덧날 뿐 나아지는 건 없더라고. 깊은 상처가 트라우마로 남아 무엇도 하기 힘든 적이 있었어. 그러다 너를 만난 거야.

너를 안 지 얼마 되지 않았을 즈음, 네가 준 엽서에는 수채화에 대한 이야기가 있었어. 유화와는 달리 덧칠하기 힘든 투명 수채화를 좋아한다던 너의 말. 내겐 그 말이 이상하리만큼 깊게 남았거든.

그러니까, 사랑이라는 그림에 또 다른 사랑을 덧칠하여 잊는 게 그리 좋은 방법은 아니라는 생각이 드는 거야. 아물지 않은 내 상처는 그대로 두기로 했어. 그래, 그게 맞는 것 같아.

그 대신, 나는 너와

새로운 그림을 그리고 싶어졌어.

시간이 지나 색이 변할 수도 있겠지만,

그 색마저 아름다울 거야.

너와는 그런 그림을 그리고 싶어졌어.

너와 내가 만난 바로 그 순간,

우리만의 세계가 새롭게 창조되었어.

우리라는 미지의 도화지에 그림을 그리자.

퍼져가는 마음이 겹치면

채도가 짙어지는 수채화를.

스

치

고

지 나 는

것 들

비 갠 후 공기 냄새,

해 질 녘 서쪽 하늘빛,

다림질 직후 셔츠의 촉감,

처음 꺼낸 종량제 봉투의 바스락 소리.

내가 좋아하는 일상의 순간들.

하지만 특별하지 않은 것들이라

그 순간을 알아차리지 못하고 자주 지나쳐버린다.

이렇게 스쳐가는 것이 많은데

무심코 지나친 인연은 얼마나 많을까?

그중 내가 꼭 알아보아야 할

단 한 명이 있을지도 모르는데.

나의　　　　　　과거에게

너의 안부가 궁금하지는 않아.

삶에서 유실된 구간으로 치부해버리지만 않는다면

그것으로 족해.

'그때는 그래서 좋았다, 미안하다'라는 말도

하지 말았으면 해.

'그때는 그랬다'로 끝나도 충분하거든.

미래를 가늠할 수 없듯이

과거를 평가하지도 말자.

지금의 너와 나는, 그때의 우리가 아니니까.

나는 가끔 엉겨 붙은 먼지를 털곤 해.

미처 발견하지 못한 기억의 조각 같은 거지.

그 작은 조각이 나를 찌른다고

과거로 돌아가고 싶지는 않아.

다시 아픔을 반복하고 싶지 않거든.

그냥 그렇게

과거와 한 칸 더 멀어진 내일을 살고 있어.

지금 이 순간도 과거가 되고 있으니

난 '지금'에 충실하고 싶어.

아득하게 얽힌 기억을

감상하고 싶지는 않아.

다른 날,

사랑에 관한
여섯 개의
순간들

1

어느 토요일 오후, 교복을 입은 나는 만나기로 약
속한 장소에서 그 애를 기다렸다. 그곳에서 두 시간
을 서 있었지만 끝내 그 애는 오지 않았다. 스쳐가는
사람들과 나처럼 누군가를 기다리는 사람들로 거리
가 붐볐다.

대구 동성로의 소란스러움, 7월의 더위, 걱정스러
웠던 마음이 점점 '화'라는 감정으로 번져가던 그날
의 기분.

2

고민이 있다며 불쑥 자신의 이야기를 힘들게 털어
놓은 한 사람이 있었다. 그 이야기를 듣고 한참을 생
각했지만 달리 해줄 말이 없었다. 도움을 줄 수 있는
것도 없었다. 내가 할 수 있는 유일한 일은 그저 네
손을 잡는 것뿐. 아무 말 없이 너의 손을 잡은 순간,
내 손을 더 꽉 잡은 너.

그날 집 앞에 도착할 때까지 서로 놓지 않았던 그 손의 온도.

3

"너는 내가 여자로 안 보이니?"

달리던 차가 신호등에 걸려 잠깐 멈추었을 때였다. 운전석의 선배가 불쑥 건넨 말에 당황할 수밖에 없었다. 나 역시 그녀를 좋아하는 마음은 있었다. 그럼에도 갑자기 무거워진 공기가 왠지 무서웠다. 이성 친구를 제대로 사귀어본 적이 없던 나는, 뭐라고 말해야 할지 전혀 감이 오지 않았다. 숨소리 하나까지 조심스러웠다. 괜히 눈을 피하게 되고, 손에 땀이 났다.

마치 가위에 눌린 것처럼 아무것도 할 수 없었던 그 짧고도 긴 시간.

4

홍대 인근의 카페에서 밤새 영화 얘기를 했다. 밤

12시까지 문을 여는 카페, 새벽 2시까지 운영하는 카페, 그러다 24시간 영업하는 카페로 이동했다. 자리를 옮길수록 음료의 질은 점점 떨어졌지만 우리의 대화는 더욱 깊어갔다. 20대 중반의 나는 시간이 많고 일은 없었다. 그 덕분에 매일 하루에 한 편 이상의 영화를 봤다. 그래서 할 말이 너무나도 많았다.

합정역 플랫폼 벤치에 나란히 앉아 첫차를 기다리던 새벽. 지하철이 조금이라도 늦게 오길 바라며 이어가던 대화. 새벽 지하철역의 공기.

5

이별 통보를 받았던 날, 비가 너무 많이 왔다. 앞이 잘 보이지 않아 운전하기가 너무 힘들었다. 비가 많이 내린 탓인지, 낡은 차의 윈도브러시 탓인지, 남들보다 긴 내 속눈썹 탓인지 구분하기 어려웠다. 이런 상황에서 혼자 차를 몰고 집까지 갈 용기가 없었다.

밤 12시가 넘어서 작곡가 친구 호현의 작업실에

갔다. 연락 없이 찾아온 나를 보고 놀란 표정의 그를 제쳐두고 소파에서 한 시간 넘게 울었다. 아직도 그때의 일로 놀리는 녀석에게 늘 욕부터 하지만, 그날 무척 고마웠던 건 사실이다.

비 냄새와 방음재 냄새가 섞인 그의 작업실.

6

"나, 보고 싶었어?"

아직 사귀는 사이가 아닌 너에게 한 말. 그리고 너는 아무 말 없이 나를 안았다.

너의 목소리뿐 아니라 머리카락에서도 은은하게 나던 나무 향.

보고 싶다는 말

'보고 싶다'라는 말을

앞으로 우리가 몇 번 더 하게 될까.

지금 우리,

감정이 이끄는 대로 말하는 것에 인색한 건 아닐까.

보고 싶은 마음을 애써 누르는 게 미덕이라니,

불편할 때가 있어.

마음을 다 표현하기에 인간의 시간은 너무 짧은데.

시간이 지나 서로 멀어질지도 모르지.

그때 닿지 않을 말들만 흩뿌리다 외로움을 직시하는

그런 순간을 떠올리며 아득해지기도 해.

지금 좋은 말을 많이 해두고 싶어.

모든 날, 네가 무척 보고 싶다고.

사 라 진
것 들 을

찾 는
시 간

땅과 하늘이 오렌지빛으로 휩싸인 경험을 한 적이 있다. 고단한 고3 수험생 시절, 피아노 연습실에서 나와 집으로 향하던 오전 1시경으로 기억한다. 늘 그러했듯 이어폰을 끼고 걷던 중 어떤 풍경이 너무 낯설게 느껴져 잠깐 서서 주위를 둘러보았다. 종일 내리던 비가 그친 직후였다. 도로와 인도에 고인 물, 문 닫은 상점의 유리, 낮게 깔린 구름. 사방이 주홍빛이었다. 곰곰이 살펴보니 가로등 빛깔 때문이었다. 적당히 습한 공기와 비가 왔음에도 온기를 머금은 기온에 나는, 순간 멍청해지고 말았다. 그런 생각이 들었다. 내게 엄마 배 속에서의 기억은 없지만, 그곳이라면 아마 이런 느낌이 아닐까.

온앤오프의 〈첫 키스의 법칙〉 가사를 쓰다 가로등 불빛 아래에서의 그때를 떠올렸다. 첫사랑인 여자 친구의 집 앞에서 첫 키스를 나누는 상황을 묘사한 곡이다. 원래 "너의 집 앞 가로등 붉은색 조명 아래"에

서 첫 키스가 이뤄질 예정이었다. 곡을 녹음하고 나서 문득, 나트륨등을 본 지 꽤 오래됐다는 생각이 들어 검색해보았다. 아니나 다를까. 전력 소모, 경제적 문제 등으로 나트륨등에서 LED 조명으로 대거 교체되었다는 기사가 나왔다. '붉은색 조명'을 '푸른색 조명'으로 바꾸어 수정 녹음을 했다. 어쩔 수 없는 일이지만, 왠지 떨렸던 첫 키스의 기억도 변색되는 것 같아 기분이 이상했다.

시간이 지나면 또 무엇을 그리워하게 될까. '세상에, 그런 일이 있었단 말이야?' 하며 새삼 놀라는 그날이 분명 오겠지. 그래서 지금 이 순간이 더없이 소중한 건 아닐까. 너와 행복한 지금을 그리워할 날이 언젠가 올 테니까.

저기요,
마이크 선생님!

작곡가는 필연적으로 많은 장비에 둘러싸여 지낸
다. 그렇게 살아가다 보면 기계에 감정이입을 할 때
가 종종 있다. 장비가 고장 나면 존댓말로 "저기요,
선생님!" 하고 말을 건네기도 하며, 소위 '장비발'이
잘 통하는 날이면 "역시 너밖에 없어!"라고 친근하게
치켜세우기도 한다.

여덟 시간가량 진행된 긴 녹음이 끝났다. 가수와
스태프들은 돌아가고, 혼자 녹음실에 남아 마이크를
정리하던 중이었다. (보통 녹음실의 마이크는 사용하지
않을 때 케이스에 넣어 보관한다.) 장시간 사용한 탓에
따뜻해진 녀석을 케이스에 넣으며 '고생했다' 하고
중얼거리는데, 갑자기 이 녀석이 내 말을 듣고 있는
것 같았다. 생각해보면 마이크는 늘 듣는 역할을 해
오지 않았는가.

마이크는 소리를 전달하는 기계다. 그런데 마이크
가 전달한 소리를 듣기까지는 꽤 많은 과정을 거쳐야
한다. 먼저 마이크가 전달한 전기신호를 여러 기기가
증폭하고, 이는 다시 디지털신호로 바뀌어 컴퓨터에
입력된다. 이게 끝이 아니다. 컴퓨터에 입력된 디지
털신호는 다시 여러 기기를 통해 아날로그신호로 바
뀌며, 최종적으로 스피커에서 소리가 나오는 것이다.
평소 우리는 시간 지연 없이 마이크가 전달하는 소리
를 듣고 있지만, 이처럼 그 과정 자체는 결코 단순하
지 않다.

'그러니까, 맨 처음 가수의 목소리를 듣는 것이 마
이크란 말이지.'
이렇게 생각하니 나는 첫 소리를 담아서 전달해주
는 녀석에 대해 궁금한 것이 많아졌다. 마이크는 지
금껏 얼마나 많은 소리를 들으며 살아왔을까. 가창력
이 뛰어난 가수의 소리를 듣는 황홀한 날도 있지만,

견디기 힘들 정도로 불쾌한 날도 있었을 것이다. 항상 타인의 소리만 듣는 마이크도 때로는 자신의 소리를 내보고 싶지 않았을까.

그러다 내가 갖다 버린 마이크가 떠오르기도 했다. 몇 년 전에 값비싼 마이크라고 신줏단지 모시듯 가져와 조심조심 사용하다가 이제는 구식이 되었다고 간단히 교체해버린 것이다. 그럴 때 마이크의 마음은 어땠을까. 평소 물건에 이름을 붙이지는 않지만, 마이크만큼은 늘 함께 일하는 동료라는 생각이 들었다.

오늘도 수고한 마이크 선생님께 감사를. 밤에 비가 온다니 녹음실에 제습기를 틀어놓고 가야겠다.

어 떤 작 사 법

"작사는 어떻게 하는 거예요?"

이런 질문을 자주 받지만, 그때마다 시원한 답변을 주지 못했다. 사실 작사를 배운 적도, 가르쳐본 적도 없기 때문이다.

"요즘은 작사를 체계적으로 가르쳐주는 학원이 많은데, 거기에 가보면 어때요?"

이렇게 답변할 때도 있다. 하지만 무책임한 조언이라는 생각에 이내 미안해진다. 작사? 그거 대체 어떻게 하는 걸까. 나는 어떻게 해왔을까. 이번 기회에 한번 정리해보려고 한다.

첫째, 작사는 '노래를 만드는 것'임을 명심해야 한다. 글을 쓰는 것과는 별개의 행위다. 좋은 문장이 곧 좋은 가사인 것은 아니다. 작사의 세계에서는 어떤 발음으로 들리느냐, 어떤 사운드를 청자에게 들려주느냐가 더욱 중요하다. 멜로디와 곡 분위기에 어울리는 발음의 언어로 노래를 만들어야 한다는 뜻이다.

〈타이밍〉*이라는 곡을 예로 들어보자. "중요한 건 너와 나의 타이밍"이라는 가사에서 '타이밍'을 '약속' 같은 단어로 대체했다면 어떨까. 이 곡을 쓸 때 '타이밍'이 들어갈 자리에 'ㅌ', 'ㅊ', 'ㅋ'과 같은 거센 소리로 시작하는 단어를 찾았던 기억이 난다. 그렇게 찾아낸 단어가 곡의 제목이 되어 전체 내용을 아우르는 것이다.

둘째, 가사에 담긴 메시지보다 그것을 어떻게 표현하는지가 더욱 중요하다. 사람 사는 세상은 다 거기서 거기가 아닐까. 많은 사람의 공감을 이끌어내려면 특이한 스토리보다 모두 겪었을 법한 이야기를 하는 편이 더욱 좋다. 즉, 누구나 아는 이야기를 어떻게 표현하느냐가 관건이다. 참신한 표현도 좋지만, 늘 쓰이는 흔한 표현이 새로울 때도 있다.

여기, 발랄한 댄스곡이 있다. 후렴구 끝마다 '너를 좋아해'라는 다섯 음절의 문장이 삽입된 노래다. 그런데 이 가사를 '너 안 좋아해'라는 말로 바꿔서 표현해보면 어떨까? '사실 좋아하는데, 그 말을 하기에는 자기 마음을 너무 내보이는 것 같아서 일부러 안 좋아한다고 말하는 거구나'라고 청자는 받아들일 것이다. '너 안 좋아해'라는 다섯 음절로, 연애 초기의 '밀당'하는 마음이 잘 드러난 가사가 완성되었다.

셋째, 때로는 과감해야 한다. 나를 전혀 모르는 사람에게 내 이야기를 들려주려면 어떻게 해야 할까? 상대의 호기심을 자극하거나 과한 표현을 써서라도 '어디 한번 들어나볼까' 하는 마음을 이끌어내야 한다. 일단 청자의 귀를 붙잡아두면, 음악이 끝난 뒤 '노래로 날 설득한 사람은 네가 처음이야'라며 반하는 사람이 생길지도 모른다. 그럼 대성공이다.

온앤오프의 〈사랑하게 될 거야〉는 "지금부터 내가 하는 말을 전부 믿기는 힘들겠지만"으로 시작한다. 도대체 무슨 말이기에 다 믿기가 힘든지 궁금하지 않은가? 전주 없이 바로 시작하는 곡이기에 청자의 궁금증을 유발하는 강력한 문장이 필요했다.

　내가 이런 이론을 정립한 뒤에 작사를 해온 것은 아니다. 그저 지금까지 어떻게 가사를 썼는지 작법을 곰곰이 되짚어보고 정리한 것이다. 나 역시 아직도 가사를 쓰다가 막힐 때마다 이런 생각이 든다.

　작사, 대체 어떻게 하는 거지?

● 〈타이밍〉, B1A4 · 오마이걸 · 온앤오프

소리라는 아름다운 파동에 얹어

보내고픈 말이 있어.

그래서 가사를 쓰는 거야.

이유뿐인 이유

너를 사랑하는 이유를 찾다가
네가 없으면 안 될 이유를 생각하게 되었어.

침묵을 견디는 것만으로도
위로가 되니까

위로가 필요한 순간이 있다.
그럴 땐 멜로디를 들려줄게.
말 한마디 없어도 위로가 되니까.

누구에게나

인터미션이
필요하다

시끌벅적한 연주회의 지휘자가 된 듯한 기분이 들 때가 있다. 너무 바쁜데 어느 것 하나 놓칠 수 없다. 음악을 만드는 것도, 모노트리를 이끄는 것도 나의 일이기에 잘해내야 한다. 하지만 두 가지를 동시에 잘해내기가 쉽지 않다. 물론 하나를 잘하기도 쉽지 않지만. 작곡을 해야 하는데 회사 업무를 처리하느라 스피커에 전원을 넣어보지 못하는 날도 있다. 가끔 '랙' 걸린 게임 캐릭터처럼 버벅이다 보면 한숨이 나온다.

'도대체 지금 뭘 하는 거지?'

그럴 때 반드시 해야 할 일이 있다. 억지로라도 바깥에 나가서 쉬는 시간을 갖는 것이다. 나는 이 시간을 나만의 '인터미션'이라고 부르기로 했다. 바쁜 하루라는 연주회의 인터미션 타임이 되면 근처 카페에 들른다. 그리고 자리에 앉아서 멍하니 카페 밖 풍경을 바라본다. 생각을 덜어내고 일부러 사방을 흐린 눈으로 바라보면 머리가 좀 쉬는 기분이다.

그러는 사이에 메일이 날아온다고 해도 괜찮다. 잠시 휴식을 취한다고 큰일이 벌어질 정도로 나는 대단한 사람이 아니다. 기억해야 한다. 단 15분이라도 세상을 흐리게 보는 '인터미션'이 누구에게나 필요하다는 걸.

지금 정말 해야 하는 일은

그냥 쉬는 거야.

불안해하지 말고 그냥 쉬는 것.

그 휴식이 내일을 살게 하는

힘이 될 테니.

그저,

곁에 있기

이별한 다음 날의 일이다.

고요한 침묵을 견디는 일은 참으로 힘들 테다. 몇 시간째 나의 훌쩍이는 소리와 그의 한숨 소리 외에는 아무 소리도 나지 않았다. 그는 아마 나에게 이런저런 충고를 해줄 수도 있었겠지만 그러지 않았다. 침묵 속에서 나는 더욱 마음의 깊은 바닥을 드러냈고, 그는 그렇게 무너져가는 내 모습을 묵묵히 바라보기만 했다.

"뭐 좀 먹자. 이 와중에 배가 고프네."
몇 시간 동안의 멍청한 침묵을 깨뜨린 것은 나였다.

내 인생의 '최악의 시간'에 그는 아무 말 없이 내 곁에 있어주었다. 괜찮다며 다독이거나 애써 공감하며 위로를 남발하지도 않았다. 바닥을 보이며 무겁게 가라앉은 나를 보기가 얼마나 괴로웠을까. 나를 위해

몇 시간이고 어색한 침묵을 지켜준 친구. 나라면 그럴
수 있었을까.

그날 나는 '위로'라는 단어에 대해 생각했다.
말없이 누군가를 위로할 수 있다는 것.
아니, 어떤 순간에는 침묵을 견뎌주는 것만이
누군가에게 위로가 될 수 있음을 알았다.

음악으로

누군가의 마음을

위로할 수 있을까.

어떤 사이

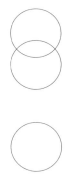

샤이니 온유의 곡을 의뢰받았다. 그의 목소리에서 첫사랑의 설렘 같은 감정을 느꼈던 터라, 꼭 '처음'을 이야기하는 멜로디와 가사를 쓰고 싶었다. 문제는 당시에 내가 연인과 헤어진 지 얼마 되지 않아, 좀처럼 복구되지 않는 일상을 살고 있었다는 점이다. 현실 속에서 '끝'을 헤매는 내가 음악 속에서 '처음'을 이야기할 수 있을까.

나는 그녀에게 고백했던 순간을 떠올렸다. 몇 년간 잊고 지낸 시작의 말들을 사랑이 끝난 뒤에야 생각해 낼 수 있었다. 그 말들을 적어 내려가며 멜로디를 붙였고, 〈어떤 사이〉는 그렇게 만들어졌다.

모든 것이 끝난 뒤에야

비로소 기억나는 것들이 있다.

이미 지나가버린,

죽은 것 같았던 기억들 속에서

살아갈 힘을 얻기도 한다.

시작과 끝은, 기억은,

이토록 오묘하다.

참
치

참치와 같은 회유성 어류는 부레가 없어서 헤엄을 멈추면 죽는다. 이 말을 할 때면 열 중 아홉은 "진짜?"라고 묻는데, 진짜다. 이 사실을 어디서 처음 접했는지 기억나지는 않는다. 하지만 그 말을 듣는 순간, 나는 스스로가 참치인 것 같다는 생각이 들었다. 이 심각한 워커홀릭 유전자는 부모님께 물려받은 것이 확실하며, 아마 내가 DNA를 거슬러 여유 있는 삶을 살기란 어려울 것이다.

노래를 만드는 일에, 자꾸 일을 벌이는 것에 지칠 때가 있다. 쉬고 싶고, 아침에 눈을 뜨면 계속 침대에 있고 싶다. 하지만 정신을 차려보면 어느새 다시 작업실이다. 생각을 비우려고 계획한 여행에 마치 부적인 양 노트북과 오디오카드를 들고 가는가 하면, 새벽녘에 자다 말고 일어나 메일에 답장하기도 한다. 지금은 부산 광안리해수욕장 근처의 스타벅스에서 아이패드로 에세이를 쓰고 있다.

"책임감을 좀 내려놓고 쉬는 게 어때?"

친구의 권유에 솔깃한 적이 있다. 나에게 부레가 없는 건 '책임감' 때문인지, 혹시 너무 많은 책임에 짓눌려 부레가 없어져버린 건 아닌지.

그러나 저러나

참치는 멈추면 죽는다.

To. 이 시대의 모든 참치들에게

우리의 헤엄은 계속될 것이다.

분명 삶이 달콤할 때도 있으니,

멈추지 말자.

마음의

뿔

누구나 '번아웃'으로 무기력할 때가 있다. 일에 치이고 사람에 치여 방황하면 그렇게 된다. 나에게도 그런 때가 있었다. 그때 내 마음에는 뿔이 나 있었다. 주체할 수 없는 기분이 들어, 어디든 들이받고 싶어지곤 했다. 별것 아닌 말에도 상처받은 나는 후회할 걸 알면서도 사람들에게 날 선 말을 했다.

자려고 누우면 그제야 후회가 몰려왔다.

'아, 지금 내가 약해졌구나.'

내 자존감을 방어해주는 막이 한 꺼풀 벗겨진 기분. 그래서 더 날을 세웠던 것은 아닐까.

"꼭 그렇게 자신을 괴롭혀야 하는 거야?"

'썸머'라고 불리던 그녀는 이렇게 말했다. 당시 우리는 서로를 알아가는 중이었다. 그녀는 자신의 예상보다 내가 훨씬 더 어두운 것 같다며, 피곤하게 하루하루를 이어가는 모습이 안쓰럽다고 했다. 밝은 음악

을 만드는 사람의 마음에 뿌리가 나 있으리라고는 생각
지 못했나 보다. 그녀와 대화를 나누며, 내가 얼마나
자학에 가까운 말을 많이 해왔는지 깨닫게 되었다.

"언제까지 일할 수 있을까?"
"이번에도 잘 안 될 것 같아."
"그게 되겠어?"
"몸이 매우 피곤하지 않은 걸 보니, 일을 제대로
하지 않았나 봐."

그제야 정신이 들었다. 그동안 내가 얼마나 나를
미워하고 있었는지 깨달았다. 그렇게 나는 평소에 신
경 쓰지 않던 내 마음을 그녀와의 대화를 통해 들여
다보게 되었고, 나 자신에게 말을 걸기 시작했다. 부
정적인 말 대신, 긍정적인 말을.

"지치지 않을 수 있어."

"이번에는 잘될 것 같아."

"무엇보다 내 건강을 신경 쓰며 일해야 해."

어느새 나의 뿔은 뭉툭해져 있었다.

아픈 마음으로 만든 소리는

아무리 예쁘게 포장해도

금방 시들어버리지 않을까?

건강한 내가 되어

너에게 힘이 되는 소리를 전하고 싶다.

너
에
게

든고 싶은 말이

많
아

네 무릎을 베고 듣는 너의 목소리는
내 귀에 내려앉는 벚꽃 같았어.
고양이처럼 웅크린 채
한참을 듣다 올려다본 너의 목은
하얀 꽃을 품은 나무 같기도 했고.

꿈을 꾸는 것 같다는 너의 말에
이대로 잠이 들고 싶지는 않았어.
네 목소리에서 좋은 향기가 나던 순간이
나에게도 꿈 같았거든.
재잘재잘 이야기하며
좋은 향기를 내는 너의 입술에 키스하려다,
네 목소리를 더 듣고 싶어 멈췄어.

계속 얘기해줘.
더 듣고 싶은 말이 많아.

여

름

너를 처음 만난 날,
겨울로 넘어가던 문턱의 어느 날이었음에도
하늘은 높고 포근했어.
나무 냄새가 나던 너의 목소리 탓이었을까.
초록이 드리운 나무 아래 내가 있는 듯했어.

옷이 두꺼워 행동이 굼뜬 몹시 추운 날도,
바람에 떨어지는 낙엽처럼 눈이 쏟아지던 날도
너의 얼굴은 8월의 어느 날처럼 맑더라.
너와 나누는 대화 속에
내 어두운 밤은 점점 짧아지기만 했어.

지금도 너를 생각하면
빛이 내리쬐는 한낮의 풍경이 떠올라.
그래, 어떤 계절에도 너는 나의 여름이야.

지
금
은

우
리

이
야
기
만

지금은 우리 이야기만 하자.
우리를 바라보는 시선들,
다른 누군가의 마음이 아닌
서로의 마음을 이야기하자.
함께 있는 순간은 붙잡을 수 없으니
서로의 손을 잡자, 오랫동안.

'미안해'라는 말로 이해시키려 하지 말고,
'괜찮아'라는 말로 안정시키려 하지도 말아.
그냥 우리의 어제와 오늘과 내일을
이야기하고 싶어.

오늘 지친 나에게, 우리 처음 만난 그날을 얘기해줘.
내일이 두려운 너에게 나는
내일도 곁에 있을 거라 말해줄게.
우리의 모든 순간은 더없이 소중하니까.
지금은 우리 이야기만.

아 빠

'어린이날'을 떠올리면 한 가지 기억만이 생생하다. 열 살의 어린이날, 아빠는 나를 데리고 야구장에 가셨다. 야구를 좋아한 내가 처음 야구장에 간 그날을 어떻게 잊을 수 있을까. 투수의 표정까지 또렷하게 보이는 홈베이스 바로 뒷자리에서 나는 엄청나게 흥분하며 그날을 즐기고 있었다.

4회가 지날 무렵 아빠를 문득 바라보았다. 아빠는 미간을 찌푸리고 피곤한 기색으로 잠들어 있었다. 미간의 주름은 이미 깊이 팬 듯했다. 늘 보던 모습이기는 했다. 우리는 한집에 살았지만 자주 볼 수 없었다. 아빠는 거래처 누군가와 술을 마신 뒤 들어오시는 게 일상이었고, 나는 일요일이 되어서야 멀쩡한 모습의 아빠를 만날 수 있었다. 그런 모습을 당연하게 여겨왔지만, 내가 손꼽아 기다린 어린이날까지 힘들어하는 아빠의 모습은 어린 마음에 충격이었다. 그때는 다 이해하지 못했던 것 같다. 아빠의 마음을.

평생 워커홀릭으로 살아온 아빠는 일흔두 살까지 일을 하셨다. 요즘 아침에 일어나 거울을 보면 내게서 아빠 모습이 보인다. 썩 기분이 좋지는 않지만, 내게 자식이 있다면 그 아이는 이런 나를 어떻게 생각할지 상상해보기도 한다.

이번 주말에는 본가에 내려가 아빠와 이런저런 이야기를 나누어야겠다. 어떤 마음으로 살아오셨느냐고, 많이 힘들지 않으셨느냐고. 이제는 내가 아빠 같은 어른이 되어가는 듯한데, 잘하고 있는 것이 맞느냐고. 이런 말들을 과연 다 할 수 있을까. 그러지는 못하더라도 그냥 아빠를 만나고 싶다.

오랜 시간이 지나서 알게 되는 것들이 있다.

어린이날 지친 아빠의 마음을

내가 어른이 되어서야 이해하는 것처럼.

성숙해진다는 것은

슬픔을 하나씩 더 알아가게 된다는 뜻일까.

인
생
에
서

'정지 구간'이 필요한 이유

코로나바이러스가 막 번져가기 시작한 봄, 나는 〈로드 투 킹덤〉이라는 경연 프로그램으로 스트레스를 받고 있었다. '킹덤'으로 가기 위한 아이돌의 경쟁. 나는 온앤오프의 모든 경연곡을 편곡했다. 평소 때로는 경쟁이 사람을 너무 소모하는 경향이 있다고 생각해왔다. 그러나 경연에 참여한 이상 물러설 수는 없었다. 내가 맡은 팀과 멤버들의 미래가 걸린 문제였다. 나를 소모해서라도 반드시 도움이 되어야겠다고 마음먹었다.

그렇게 밤낮없이 편곡 작업에 골몰하면서 내 안에 스트레스가 쌓여가는 줄도 몰랐다. 마음이 무거워지니 음악도 무거워졌다. 짧은 시간 안에 어떻게든 좋은 결과물을 만들어내야 한다는 압박감이 상상 이상이었던 것이다.

'산에 가야겠다!'

퉁퉁 부은 얼굴로 일어난 어느 날, 창밖 너머로 보이는 산에 자꾸 눈길이 갔다. 평소 등산을 즐기지도 않았는데 왠지 한번 가보고 싶었다. 그렇게 아무런 준비 없이 산을 올랐다. 그리고 아무 생각 없이 몸을 움직이며 걸음을 부지런히 내디뎠다.

나는 산에 오르며 '자연의 경외감'을 느꼈다거나 어떤 대단한 인생철학을 깨닫지는 못했다. 다만 한 걸음씩 꼭꼭 밟아 올라가면서 신체 활동에만 집중할 수 있었다. 그렇게 등산하다 보면 몸은 움직여도 영혼은 쉬는 듯한 기분이 든다. 어떤 생각도 나지 않으니까. 산을 오르내리고 뜨겁게 몸을 달구며 머리를 식힐 수 있었다. 그리고 집에 돌아와서 샤워한 후 메모를 했다. 구성은 이렇게, 편곡은 이렇게.

'급할수록 돌아가라'라는 말의 의미를 이해하게 되었다. 매일 달릴 수는 없다. 마음을 소모해버리면 다시 일어날 힘이 없다. 그 대신 몸을 소모하며 일의 '정지 구간'을 만들어놓으면 오히려 기운이 난다는 걸 알았다.

확신은　　나의　　　힘

작업실 월세를 내기 위해 악기들을 팔 때,
CT 결과를 보며 혀를 차던 의사 앞에 있을 때,
미친 듯이 데모 CD를 뿌려도
내 곡이 선택되지 않을 때,
사랑이라 믿었던 내 마음이 거짓이었음을
스스로 깨달은 순간에도
지금 내 삶에 문제가 있다고 생각하지 않았다.
누구 때문이라고 책임을 미루고 싶지도 않았다.
그저 잘될 거라 믿었다.

삶은 지금도 그렇게 진행 중이다.

기특한 나

해야 할 일을 미룬 적은 많아.
그래도 약속한 일을 해낸 적이 더 많아.

지키지 못할 약속을 한 적은 없어.
약속한 상대가 떠나버려 지키지 못했을 뿐.

사랑하는 사람에게 거짓말한 적은 없어.
너무 솔직해서 관계가 틀어진 적은 있지만.

좋아하는 마음을 숨긴 적은 없어.
그것이 네게 부담이 됐을지는 모르지만.

싫어하는 마음을 숨긴 적은 많아.
부디 얼굴에 티가 나지 않았어야 하는데.

뛰는 가슴을 모른 척하지 않아.
힘들 걸 알면서도 마음이 시키는 대로 했어.

그래서 나는 내가 기특해.

너는
나의

거울이야

너에 대해 알고 싶은 게 많아.

그런데 너를 만날수록

나에 대해 더 알아가는 듯한

기분이 드는 건 왜일까.

네가 날 어떻게 생각하는지 알고 싶어서

나를 더 들여다보게 돼.

내가 어떤 말투에 어떤 행동을 하는지,

내가 어떤 신발을 신는지,

내가 어떤 옷을 즐겨 입는지,

내가 어떨 때 기쁘고 슬픈지,

너에 대해 알아가고 싶을수록

나는 나에 대해 알아가.

내가 어떤 사람인지

이별하고 나서야 알게 된 적도 있어.

들추기 무서웠던 내 밑바닥을 보고

이내 덮어버리긴 했지만.

지난날은 생각하지 않을게.
이제 시작하는 우리 사이의 너는
나를 비추는 거울 같아.

거울에 비친 내 모습이 더 예쁘면 좋겠어.
거울에 비친 내 모습을 더 자주 보고 싶어.
그래서 오늘도 너를 만나러 가는 길.

네가 자주 웃을수록,

네가 예쁜 말을 할수록

나도 웃게 되고, 예쁜 말을 하게 돼.

내가 지금 어떤 모습인지 알 수 있는

가장 좋은 방법은

너를 만나는 거야.

Beautiful

Beautiful

어느 순간부터 여러 얼굴을 가진 '괴물'이 되어가는 듯한 기분이 들었다. 내게 주어진 에너지를 다 써버린 것 같았다. 아침에 일어나자마자 모양이 다른 쳇바퀴에 나를 옮겨 온종일 쉴 새 없이 뛰다 밤이면 지쳐 잠들곤 했다. 노래를 만들고, 녹음을 하고, 수없이 미팅을 하며 회사를 운영하는 나날이 이어졌다.

그러는 사이 감정이 점점 메말라서, 이제는 무엇이라도 짜내야 할 지경에 이르렀다. 가사로 쓴 내 경험이 진짜인지 허구인지 나조차 헷갈리기도 했다. 책임감이라는 실낱같은 에너지가 겨우겨우 나를 밀어주고 있었다. 이번 일만 끝내고 쉬자. 이번 일만 끝내고 정말 쉬자. 그렇게 꾸역꾸역 앞을 향해 내디뎠다.

그 시기에 나는 사랑 노래를 쓸 자신이 없었다. 내가 지금 타인에게 상처를 주고 상처를 받으며 이렇게 미워하고 있는데, 무슨 노래를 만들어야 할까. 지

금은 내가 위로받고 싶은데, 힘들게 작업실로 걸음을
옮겨 리듬을 만들고 멜로디를 붙였다. 가사를 어떻게
썼는지 자세히 기억나지 않는다. 다만 그때 '누가 날
안아주면 좋겠다'라는 생각으로 머릿속이 가득 차 있
었던 것만은 확실하다.

온앤오프의 〈Beautiful Beautiful〉이 발매되고 나서
한참 후에야 알게 되었다. 돌아보면 이 곡의 가사처
럼 매일이 치열했고, 어쩌면 빛났음을. 그저 삶을 기
록하는 것만으로도 충분히 아름다울 수 있다는 것을
이제는 안다.

가장 힘들었던 순간이,

주저앉아 울고 싶었던 시간이

한참 뒤에 돌아보면 아름다울 수 있다는 것.

그때의 나를 이제 내가 안아주고 싶다.

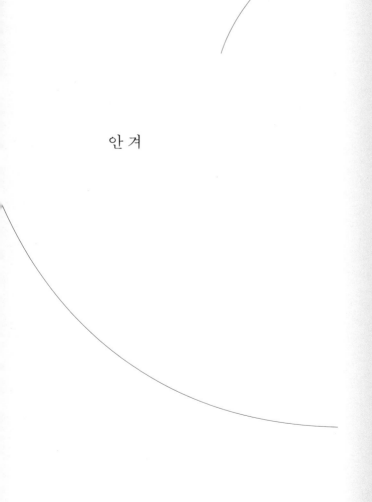

안 겨

아무것도 묻지 않을 테니까
그냥 나에게 안겨.
아무 말 하지 않아도 돼.
울고 싶으면 울고,
졸리면 이대로 잠들어도 좋아.
퉁퉁 부은 네 눈,
지금 충분히 못나 보이니까
신경 쓰지 말고 그냥 안겨.

언젠가 내가 못나 보이면
오늘처럼 나를 안아줘.

오늘은 내 품에서 쉬다 가.

희망 고문은 하지 않기로 해

상대로부터 긍정적인 답을 들은 줄 알았는데, 사실은 돌려 말한 거절이었음을 뒤늦게 알아차린 적이 있다. 그럴 때는 실망감이 두 배로 커진다. 긍정인 줄 알고 희망 회로를 돌린 시간까지 좌절의 기억으로 바뀌기 때문이다.

나는 타인에게 이런 실망감을 주지 않기 위해 의사를 정확히 전달하는 편이다. "너무 직설적으로 말하는 것 아니냐"라고 걱정하는 사람들도 있지만, 내 생각은 다르다. 정말 상대가 상처받을 것이 두려워서 돌려 말하는 건가? 단지 자신이 '나쁜 사람'으로 비칠까 봐 거절할 용기를 내지 못하는 건 아닌가? 나는 오히려 이런 태도가 더 이기적인 것 같다.

오늘도 나는 희망 고문을 하는 게 싫어서 단칼에 어떤 제안을 거절했다.

거절을 두려워하지 말아야 한다.

거절하는 것이든, 거절당하는 것이든.

어느새 연인

네 손을 잡아도 되는지
수백 번 고민했었는데
지금은 내가
헝클어진 네 머리카락을 넘겨주고 있어.

처음으로 우리 통화하던 날,
정말 많이 긴장했었는데
이제는 내가
네 귀에 자연스레 속삭이고 있어.

우울한 마음을 털어놓으면
네게 부담이 될까 걱정했었는데
오늘 너는
나를 가만히 안아주었어.

마음과 마음의 거리는 눈에 보이지 않지.
우린 어느새 조금씩 가까워졌나 봐.

내가
보낸
답장

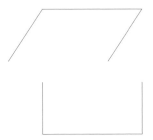

안녕하세요. 작곡가 황현입니다. 보내주신 DM, 감사히 잘 읽었습니다. :)

선생님께서는 고등학생인 아들이 온앤오프의 음악을 알려주어 저를 알게 되었고, 현재 초등학교 교사로 일한다고 하셨지요. 아이들에게 좋은 음악을 들려주고 싶은데 온앤오프의 곡에는 한글 가사가 대부분이라 좋았다고요.

보통은 제가 직접적으로 아는 분이 아니면 메시지에 회신하는 것이 오히려 조심스러워, 답장을 거의 보내지 않는 편입니다. 하지만 선생님이 보내주신 메시지를 읽다가 저 역시 큰 힘을 얻었다는 사실을 말씀드리고 싶어서 답을 하게 되었습니다. (물론, 다른 분들이 보내주시는 응원의 메시지 역시 저에게 무척 큰 힘이 되고 있답니다.)

어쩌면 제가 초등학교 5학년 때의 담임선생님께 큰 영향을 받았기에 선생님의 메시지에 유독 답장을 드리고 싶었는지도 모릅니다. 그때 담임선생님은 교실에서 늘 저희와 함께 도시락을 드셨고, 수업 시간에 기타를 치며 노래를 들려주셨어요. 'ㅚ'와 'ㅙ', 'ㅔ'와 'ㅐ' 발음 차이를 열정적으로 가르쳐주셨고, 교과서를 읽다가 일본어 영향으로 굳이 없어도 될 '의'라는 조사에는 엑스 표시를 하며 짚어주기도 하셨습니다. 그런 선생님 덕분에 우리말에 대한 애착과 관심이 일찌감치 생긴 듯합니다.

제가 만든 곡을 좋게 들어주셔서 정말 감사합니다. 우리말을 되도록 많이 쓰려고 노력했는데, 그 점이 특히 마음에 든다고 말씀해주셔서 너무 뿌듯합니다. 온앤오프 멤버들의 군 복무 중에 나오는 앨범은 저에게 더욱더 부담이었는데요. 다른 콘텐츠 없이 오롯이 음악으로만 승부해야 하는 상황이었기 때문입니다.

그런데 선생님의 응원 덕분에 기쁘게 하루를 마무리할 수 있었습니다. 부디 아이들에게 좋은 음악을 많이 알려주세요.

저도 열심히 하겠습니다.

산만한 아이가 자라면
무엇이 될까

'주의가 산만함.'

초등학교 6학년 생활기록부에 이렇게 적혀 있다. 아무래도 담임선생님이 나를 정확히 보신 듯하다. 산만한 나는 평소에도 거리의 색깔을 보고 소리의 냄새를 맡느라 정신이 없다. 게다가 소음에 관해서라면 엄청나게 예민해서, 집 안 거실에서 글을 쓰는 지금도 많은 소리를 한꺼번에 듣고 있다. 창문 틈으로 새어 들어오는 자동차 소리, 냉장고·공기청정기·정수기가 돌아가는 소리, 이웃집 물소리….

나는 산만한 게 맞다. 하지만 생각해보면 그런 기질이 나를 작곡가이자 작사가로 살아가게 해주었다. 거리의 색깔을 보고 소리의 냄새를 맡을 수 있는 것, 그리고 어떤 소리에든 예민하게 반응할 수 있는 것은 산만함과 예민함 덕분이니까. 치명적인 단점이라 할지라도 어느 순간 나의 장점이 될 수 있다. 나는 그렇게 믿는다.

보

고

서

원인을 알 수 없는 가슴 통증과 불안 증상에 시달렸다. 큰 병은 아닌지 걱정하며 병원에서 여러 검사를 받았고, 일주일 뒤 보고서가 나왔다. 아래는 보고서의 일부분이다.

환자는 다른 사람들이 의사 결정을 내리기 위해 필요로 하는 것보다 더 많은 정보를 추구함. 계속해서 자신의 수행을 재검토하고 수정하는 경향이 있겠고, 오랜 시간을 들인 후에도 좀처럼 만족하지 못하는 모습을 보일 수 있겠음. 또한 주변의 사소한 자극들을 그냥 넘기지 못하고 세밀하게 살펴보면서 무시하거나 간과하면 더 좋을 법한 생활의 불편한 면을 더 잘 의식할 수 있겠으며, 현상의 전체적인 면에 지나치게 주의를 기울이면서 오히려 평범하고 일상적인 문제에 주의를 기울이는 데에는 소홀할 수 있을 것으로 보임.

'꽤 긍정적이잖아?'

검사 결과를 보고 이렇게 생각했다. 마치 내가 평소에 어떻게 일하는지, 그리고 어떻게 음악을 만드는지 카메라로 촬영해 살펴보고 조목조목 따져 쓴 보고서 같았다. 나는 스스로 변화할 생각이 전혀 없었다. 그래서 그냥 긍정적으로 받아들이기로 했다. 어쩌면 이것이 '무엇을 만듦에 있어 나의 소재가 고갈되지 않는 이유가 아닐까' 하고 생각하면서.

산만한 아이였던 나는

성인이 된 지금도 산만하다는 진단을 받았다.

이렇듯 지나치게 산만한 나는

오늘을 넓게 살아간다.

가끔 아파도,

자주 행복하면 되지.

이제는　　네 옆에
　　　　　가고 싶어

한때는 널 만날 수 있다는 것만으로도 좋았는데
내 욕심이 점점 커지고 있어.
나란히 걸을 때 스치는 손등에,
내 말투를 따라 하면서 놀리는 네 표정에,
나의 저녁 메뉴를 묻는 메시지에
내가 자꾸 의미를 붙이고 있잖아.
어떤 사이인지 정의하고 싶은데
내게 그저 상냥하기만 한 네가
때론 얄밉기도 했어.
너에게 힘든 일이 있을 때는
문자가 아닌 내 손으로
따뜻한 위로를 전하고 싶어.

이제는 너의 앞이 아닌 옆으로 가고 싶어.
마주 보기보다 같은 곳을 바라보고 싶어.

사 랑 에 빠 지 기 위 해

지 금

당 장

해 야 할 일

운동을 좋아하는 편은 아니지만, '살기 위해' 일주일에 두어 번 정도 운동을 한다. 몸매 관리의 문제가 아니라, 정말 살기 위해 하는 운동이다. 오늘은 PT를 받으면서 어깨 아래쪽 어딘가의 평소 쓰지 않던 근육을 움직여보는 운동을 했다. 이 근육도 분명 내 몸의 일부인데, 아직까지 제대로 쓴 적이 없다니 신기했다. 안 쓰던 근육을 활성화하면 처음에는 어색하고 불편하지만 몸에는 좋을 것이 분명하다.

생각해보면 뇌에도 내가 활용하지 않는 영역이 많을 것 같다. 평소 우리는 몇몇 자극과 패턴에 이미 익숙해졌을 테니 말이다. 안 쓰던 근육을 쓰듯, 안 쓰던 뇌의 영역을 활성화할 수는 없을까? 당장은 매우 어색하겠지만, 이런 시도를 통해 새로운 무언가를 창조해낼 수 있을지도 모른다.

그래서 나는 마음을 환기하려는 시도를 자주 한다. 평소 듣지 않던 종류의 음악을 듣거나, 넷플릭스에서 추천받지 않은 생소한 드라마를 보거나, 아무런 정보 없이 전시회를 가거나 하는 식으로 말이다. 여기서 중요한 포인트는 '감상할 기회를 갖는 것'이다. 이렇게 낯선 자극을 받다 보면, 잠든 감정의 근육이 깨어나 마음이 조금 더 예민하게 움직이기 시작한다. 그렇게 평소보다 더욱 유연한 내가 되어간다.

나는 생각한다.

사랑에 빠질 행운을 위한 첫 번째 준비 단계는

감상에 빠질 기회를 만드는 것이라고.

보내지 못한 답장

안녕하세요. 저는 당신을 잘 알지 못하지만, 당신은 저를 어느 정도 알고 있으시죠. 이렇게 알지 못하는 분들께 메시지를 받으면 얼마나 기분이 좋은지 모릅니다. 제가 그 곡의 주인인 가수도 아니고, 사람들 앞에 서서 활약하는 엔터테이너도 아닌데, 이렇게 관심 어린 메시지를 받을 자격이 있는지 아직도 얼떨떨합니다. 온라인과 오프라인으로 보내주시는 편지도 빠짐없이 다 읽고 있습니다.

제가 만든 음악이 위로가 되었다는 말에 제가 오히려 위로를 받고, 가수에게 좋은 곡을 주어서 감사하다는 말에 제가 더욱 감사하며, 쉬지 말고 열심히 일해 달라는 말에 저의 지친 마음이 회복된답니다. 서툰 한글로 메시지를 전해주시는 외국인분들도 모두 기억합니다. 언어가 다르니 여러 번 고쳐서 보내셨을 마음이 그려집니다.

세상에는 음악을 잘하는 사람이 참 많고, 저는 아직 많이 부족합니다. 지금도 그렇지만 앞으로도 저는 새로운 곡들을 들으며 평생 배워갈 듯합니다. 이렇듯 부족한 저에게 '케이팝의 무엇'이라는 수식어를 달아주셔서 조금 놀랐습니다. 꾸준히 저의 작업물에 대해 리뷰해주시고, 많은 관심을 가져주시는 분들에 대한 고마움을 항상 기억해야겠다고 다짐합니다.

저는 아직 케이팝을 대표할 만한 히트곡을 쓰지 못했습니다. 아주 유명한 사람도 아닙니다. 그저 대중음악 신에서 묵묵히 음악 작업을 해온 사람일 뿐입니다. 이런 저의 작업물을 좋아해주시니, 분명 저와 공통점이 많으리라 생각합니다. 비슷한 감성을 가진 사람들끼리 얼마나 많은 이야기를 나눌 수 있을까요? 생각만으로도 너무 설렙니다.

　직접 만나기는 어려우니, 저는 계속 음악으로 안부를 전하겠습니다. 앞으로도 잘 부탁드립니다. 이렇게 답장을 보낼 수 있는 기회가 생겨서 다행입니다. 제가 만든 음악이 부디 당신의 삶에 긍정적인 의미로 다가오길 바랍니다.

　저도 더 열심히 하겠습니다.

나는 내일도 살아갈 겁니다

'시스투스 알비두스'라는 특이한 꽃 이야기를 들었다. 일본에서 이 꽃의 꽃말은 '나는 내일 죽습니다'라고 한다. 무슨 꽃말이 이렇게 끔찍한지 궁금해 찾아봤다. 이 꽃은 주변 기온이 35도를 넘어서면 발화하기 쉬운 분비액을 뿜어낸다고 한다. 꽃이 주로 서식하는 지중해 지역의 여름은 덥고 건조하다. 결국 이 분비액 때문에 화재가 일어나 꽃은 불타고 만다. 그런데 특이한 점은, 꽃이 목숨을 다하기 전에 불에 잘 견디는 씨앗을 뿌린다는 것이다. 불에 탄 꽃은 그 씨앗을 잘 자라게 해주는 비료가 된다. 다시 말해, 이 꽃은 자기를 태워 개체의 존속을 이루는 무시무시한 생물이다.

이 꽃 이야기와 작곡가로서의 내 삶이 왜 겹쳐 보였을까. 작곡가로서의 내 삶을 말하자면, 늘 재미있지는 않다. 오히려 고민과 고통이 반복되는 경우가 허다하다. 데드라인은 언제나 정해져 있고, 해를 거듭할수록 나의 곡을 평가하는 사람들이 많아진 탓에

자주 압박감을 느낀다. 자꾸 도망치고 싶을 때는 '이
번까지만 하고 그만하자'라고 생각한다. 그런데 그만
하자 해놓고 나는 또 작업실에서 나를 태우고 있다.
일단 내 몸을 망치더라도 작품을 만들어내야 했다.
아이러니하게도, 그래야 내가 살아갈 수 있다. 이것
이 내 삶을 유지하는 방법이다.

　오늘도 늦게까지 작업한 곡을 메일로 전송하고 나
서 퇴근한다. 집에 가서는 벽돌이 된 스마트폰처럼
잠들겠지. 나도 시스투스 알비두스처럼 나를 태워서
음악이라는 씨앗들을 뿌리고 있는 걸까. 나는 이 꽃
의 꽃말을 바꾸고 싶어졌다.
　'나는 내일도 살아갑니다.'

힘들고 지쳐도 살아갈 수 있는 이유는,

나를 빛나게 할 일들이

기다리고 있기 때문이야.

내일도 살아갈

우리의

모든 순간을 위해

이 책은 제가 보낸 날들에 관한 기록입니다. 일을 하고, 사랑을 하고, 이별에 아파하고 방황하다 다시 제자리로 온 시간을 담았습니다. 글을 쓰며 무심코 지나칠 뻔한 날을 붙잡아놓거나, 잊고 싶은 순간을 기어이 꺼내어 보기도 했습니다. 책을 쓰는 일이 두렵게 느껴진 적도 있습니다.

하지만 돌이켜보니 글을 쓰는 것은 노래를 만드는 과정과 비슷했습니다. 화려하게 완성된 모습을 상상하거나, 기억에 남을 멋진 문장을 떠올리면 도무지 글이 쓰이지 않았거든요. 음악 작업을 할 때도 마찬가지였습니다. 그래서 내가 '하고 싶은 말'이 무엇인지만 생각했습니다. 부끄럽지만 진솔한 문장들이 한 줄 한 줄 쓰였고, 이렇게 책으로 만들어졌습니다.

책을 낸들 무엇이 달라질까 고민한 시간도 있었습니다. 그러나 글을 쓰는 동안 저는 그 어느 때보다 스스로에게 솔직한 '나'를 마주할 수 있었고, 그것만으로도 매우 값진 경험이었습니다.

여러분은 어떤 날들을 지냈나요?

어떤 내일을 꿈꾸나요?

혹시 지난날이 오늘을 괴롭히고 있나요?

저는 그랬습니다.

지난날의 무게에 내일로, 모레로 자꾸만 밀려가는 기분이었습니다.

그럼에도 내일 역시 살아갈 것이라 확신합니다.

우리를 빛나게 할 일들이 기다리고 있으니까요.

이 책의 독자가 되어준 여러분,

제 삶의 인연이 된 모든 분들께 감사를 전합니다.

모노트리 작업실에서

너를 빛나게 할 일들이
기다리고 있어

초판 1쇄 발행 2022년 11월 25일
초판 3쇄 발행 2023년 1월 16일

지은이 황현

발행인 이재진 **단행본사업본부장** 신동해
편집장 조한나 **기획 · 책임편집** 전해인
디자인 urbook **교정** 이영주
마케팅 최혜진 신예은 **홍보** 정지연 최새롬 반여진
국제업무 김은정 김지민 **제작** 정석훈

브랜드 웅진지식하우스 **주소** 경기도 파주시 회동길 20
문의전화 031-956-7209(편집) 031-956-7087(마케팅)
홈페이지 www.wjbooks.co.kr **페이스북** www.facebook.com/wjbook
포스트 post.naver.com/wj_booking

발행처 ㈜웅진씽크빅
출판신고 1980년 3월 29일 제406-2007-000046호

ⓒ2022 황현

ISBN 978-89-01-26641-1 03810